余光中经典散文

剪一段月光放心上

余光中 著

陕西师范大学出版总社

图书代号：WX20N1534

图书在版编目（CIP）数据

剪一段月光放心上：余光中经典散文 / 余光中著 — 西安：陕西师范大学出版总社有限公司，2020.10（2021.9 重印）
（新华经典散文文库 / 王笑东主编）
ISBN 978-7-5695-1791-0

Ⅰ. ①剪… Ⅱ. ①余… Ⅲ. ①散文集－中国－当代
Ⅳ. ① I267

中国版本图书馆 CIP 数据核字（2020）第 126853 号

剪一段月光放心上：余光中经典散文
JIAN YIDUAN YUEGUANG FANG XINSHANG：YU GUANGZHONG JINGDIAN SANWEN
余光中　著

出 版 人　刘东风
责任编辑　高　歌
特邀编辑　刘　钊　常帅虎
责任校对　舒　敏
封面设计　王　鑫
出版发行　陕西师范大学出版总社
（西安市长安南路 199 号　邮编 710062）
网　　址　http://www.snupg.com
印　　刷　大厂回族自治县德诚印务有限公司
开　　本　620mm×889mm　1/16
印　　张　15
字　　数　162 千
版　　次　2020 年 10 月第 1 版
印　　次　2021 年 9 月第 2 次印刷
书　　号　ISBN 978-7-5695-1791-0
定　　价　59.00 元

目 录
Contents

第一辑／自得是福，自由是幸

第二辑／温柔半两，心香一瓣

第三辑／万事尽头，终将如意

第四辑／兴于喜悦，终于彻悟

第一辑

自得是福，自由是幸

自豪与自幸

——我的国文启蒙

每个人的童年未必都像童话，但是至少该像童年。若是在都市的红尘里长大，不得亲近草木虫鱼，且又饱受考试的威胁，就不得纵情于杂学闲书，更不得看云、听雨，发一整个下午的呆。我的中学时代在四川的乡下度过，正是抗战，尽管贫于物质，却富于自然，裕于时光，稚小的我乃得以亲近山水，且涵泳中国的文学。所以每次忆起童年，我都心存感慰。

我相信一个人的中文根底，必须深固于中学时代。若是等到大学才来补救，就太晚了，所以大一国文之类的课程不过虚设。我的幸运在于中学时代是在纯朴的乡间度过，而家庭背景和学校教育也宜于学习中文。

1940年秋天，我进入南京青年会中学，成为初一的学生。那家中学在四川江北县悦来场，靠近嘉陵江边，因为抗战，才从南京迁去了当时所谓的“大后方”。不能算是什么名校，但是教学认真。我的中文跟英文底子，都是在那几年打结实的。尤其是英文老师孙良骥先生，严谨而又关切，对我的教益最多。当初若非他教我英文，日后我是否进外文系，大有问题。

至于国文老师，则前后换了好几位。川大毕业的陈梦家先生，兼授国文和历史，虽然深度近视，戴着厚如酱油瓶底的眼镜，却非目光如豆，学问和口才都颇出众。另有一位国文老师，已忘其名，只记得仪容儒雅，身材高大，不像陈老师那么不修边幅，甚至有点邋遢。更记得他是北师大出身，师承自多名士耆宿，就有些看不起陈先生，甚至溢于言表。

高一那年，一位前清的拔贡来教我们国文。他是戴伯琼先生，年已古稀，十足是川人惯称的“老夫子”。依清制科举，每十二年由各省学政考选品学兼优的生员，保送入京，也就是贡入国子监，谓之拔贡。再经朝考及格，可充京官、知县或教职。如此考选拔贡，每县只取一人，真是高才生了。戴老夫子应该就是巴县（即江北县）的拔贡，旧学之好可以想见。冬天他来上课，步履缓慢，意态从容，常着长衫，戴黑帽，坐着讲书。至今我还记得他教周敦颐的《爱莲说》，如何摇头晃脑，用川腔吟诵，有金石之声。这种老派的吟诵，随情转腔，一咏三叹，无论是当众朗诵或者独自低吟，对于体味古文或诗词的意境，最具感性的功效。

现在的学生，甚至主修中文系的，也往往只会默读而不会吟诵，与古典文学不免隔了一层。

为了戴老夫子的耆宿背景，我们交作文时，就试写文言。凭我们这一手稚嫩的文言，怎能入夫子的法眼呢？幸而他颇客气，遇到交文言的，他一律给六十分。后来我们死了心，改写白话，结果反而获得七八十分，真是出人意料。

有一次和同班的吴显恕读了孔稚珪的《北山移文》，佩服其文采之余，对纷繁的典故似懂非懂，乃持以请教戴老夫子，也带点好奇，有意考他一考。不料夫子一瞥题目，便把书阖上，滔滔不绝，不但我们问的典故他如数家珍地详予解答，就连没有问的，他也一并加以讲解，令我们佩服之至。

国文班上，限于课本，所读毕竟有限，课外研修的师承则来自家庭。我的父母都算不上什么学者，但他们出身旧式家庭，文言底子照例不弱，至少文理是晓畅通达的。我一进中学，他们就认为我应该读点古文了，父亲便开始教我魏徵的《谏太宗十思疏》，母亲也在一旁帮腔。我不太喜欢这种文章，但感于双亲的谆谆指点，也就十分认真地学习。接下来是读《留侯论》，虽然也是以知性为主的议论文，却淋漓恣肆，兼具生动而铿锵的感性，令我非常感动。再下来便是《春夜宴桃李园序》《吊古战场文》《与韩荆州书》《陋室铭》等几篇。我领悟渐深，兴趣渐浓，甚至倒过来央求他们多教一些美文。起初他们不很愿意，认为我应该多读一些载道的文章，但见我颇有进步，也真有兴趣，便又教了《为徐敬业讨武曌檄》《滕王阁序》《阿房宫赋》。

父母教我这些，每在讲解之余，各以自己的乡音吟哦给我听。父亲诵的是闽南调，母亲吟的是常州腔，古典的情操从乡音深处召唤着我，对我都异常亲切。就这么，每晚就着摇曳的桐油灯光，一遍又一遍，有时低回，有时高亢，我习诵着这些古文，忘情地赞叹骈文的工整典丽，散文的开阖自如。这样的反复吟咏，潜心体会，对于真正进入古人的感情，去呼吸历史，涵泳文化，最为深刻、委婉。日后我在诗文之中展现的古典风格，正以桐油灯下的夜读为其源头。为此，我永远感激父母当日的启发。

不过那时为我启蒙的，还应该一提二舅父孙有孚先生。那时我们是在悦来场的乡下，住在一座朱氏宗祠里，山下是南去的嘉陵江，涛声日夜不断，入夜尤其撼耳。二舅父家就在附近的另一个山头，和朱家祠堂隔谷相望。父亲经常在重庆城里办公，只有母亲带我住在乡下，教授古文这件事就由二舅父来接手。他比父亲要闲，旧学造诣也似较高，而且更加喜欢美文，正合我的抒情倾向。

他为我讲了前后《赤壁赋》和《秋声赋》，一面捧着水烟筒，不时滋滋地抽吸，一面为我娓娓释义，哦哦诵读。他的乡音同于母亲，近于吴侬软语，纤秀之中透出儒雅。他家中藏书不少，最吸引我的是一部插图动人的线装《聊斋志异》。二舅父和父亲那一代，认为这种书轻佻侧艳，只宜偶尔消遣，当然不会鼓励子弟去读。好在二舅父也不怎么反对，课余任我取阅，纵容我神游于人鬼之间。

后来父亲又找来《古文笔法百篇》和《幼学琼林》《东莱博议》之类，抽教了一些。长夏的午后，吃罢绿豆汤，父亲便躺在竹睡椅上，一卷接一卷地细览他的《纲鉴易知录》，一面叹息盛衰之理，我则畅读旧小说，尤其耽看《三国演义》。《西游记》《水浒传》，甚至《封神榜》《东周列国志》《七侠五义》《包公案》《平山冷燕》等也在闲观之列，但看得最入神也最仔细的，是《三国演义》，连草船借箭那一段的《大雾垂江赋》也读了好几遍。至于《儒林外史》和《红楼梦》，则要到进了大学才认真阅读。当时初看《红楼梦》，只觉其婆婆妈妈，很不耐烦，竟半途而废。早在高中时代，我的英文已经颇有进境，可以自修《莎氏乐府本事》（*Tales from Shakespeare, by Charles Lamb*），甚至试译拜伦《海罗德公子游记》（*Childe Harold's Pilgrimage*）的片段。只怪我野心太大，头绪太多，所以读中国作品也未能全力以赴。

我一直认为，不读旧小说难谓中国的读书人。“高眉”（high-brow）的古典文学固然是在诗文与史哲，但“低眉”（low-brow）的旧小说与民谣、地方戏之类，却为市井与江湖的文化所寄，上至骚人墨客，下至走卒贩夫，广为雅俗共赏。身为中国人而不识关公、包公、武松、薛仁贵、孙悟空、林黛玉，是不可思议的。如果说庄、骚、李、杜、韩、柳、欧、苏是古典之葩，则西游、水浒、三国、红楼正是民俗之根，有如圆规，缺其一脚必难成其圆。

读中国的旧小说，至少有两大好处。一是可以认识旧社会的民俗风土、市井江湖，为儒道释俗化的三教文化做一注脚；另一则是在文言与白话之间搭一桥梁，俾在两岸自由来往。当代学者慨叹学子中文程度日低，开出来的药方常是“多读古书”。其实目前学生中文之病已近膏肓，勉强吞咽几丸《孟子》或《史记》，实在是杯水车薪，无济于事，根底太弱，虚不受补。倒是旧小说融贯文白，不但语言生动，句法自然，而且平仄妥帖，词汇丰富；用白话写的，有口语的流畅，无西化之夹生，可谓旧社会白语文的“原汤正味”，而用文话写的，如《三国演义》《聊斋志异》与唐人传奇之类，亦属浅近文言，便于白话过渡。加以故事引人入胜，这些小说最能使青年读者潜化于无形，耽读之余，不知不觉就把中文摸熟弄通，虽不足从事什么声韵训诂，至少可以做到文从字顺，达意通情。

我那一代的中学生，非但没有电视，也难得看到电影，甚至广播也不普及。声色之娱，恐怕只有靠话剧了，所以那是话剧的黄金时代。一位穷乡僻壤的少年要享受故事，最方便的方式就是读旧小说。加以考试压力不大，都市娱乐的诱惑不多而且太远，而长夏午寐之余，隆冬雪窗之内，常与诸葛亮、秦叔宝为伍，其乐何输今日的磁碟、录影带、卡拉 OK？而更幸运的，是在“且听下回分解”之余，我们那一代的小“看官”们竟把中文读通了。

同学之间互勉的风气也很重要。巴蜀文风颇盛，民间素来重视旧学，可谓弦歌不辍。我的四川同学家里常见线装藏书，有的可能还是珍本，不免拿来校中炫耀，乃得奇书共赏。当时中学生之间，流行的课外读物分为三类：古典文学，尤其是旧小说；新文学，尤其是 30 年代白话小说；翻译文学，尤其是帝俄与苏联的小说。三类之中，我对后面两类并不太热衷，一来因为我勤读英文，进步很快，准备日后直接欣赏原文，至少可读英译本，二来我对当时西化而生硬的新文学文体，多无好感，对一般新诗，尤其是普罗八股，实在看不上眼。同班的吴显恕是蜀人，家多古典藏书，常携来与我共赏，每遇奇文妙句，辄同声啧啧。有一次我们迷上了《西厢记》，爱不释手，甚至会趁下课的十分钟展卷共读，碰上空堂，更并坐在校园的石阶上，膝头摊开张生的苦恋，你一节，我一段，吟咏什么“颠不刺的见了万千，似这般可喜娘的庞儿罕曾见”。后来发现了苏曼殊的《断鸿零雁记》，也激赏了一阵，并传观彼此抄下的佳句。

至于诗词，则除了课本里的少量作品以外，老师和长辈并未着意为我启蒙，倒是性之相近，习以为常，可谓无师自通。当然起初不是真通，只是感性上觉得美，觉得亲切而已。遇到典故多而背景曲折的作品，就感到隔了一层，纷繁的附注也不暇细读。不过热爱却是真的，从初中起就喜欢唐诗，到了高中更兼好五代与宋之词，历大学时代而不衰。

最奇怪的，是我吟咏古诗的方式，虽得闽腔吴调的口授启蒙，兼采二舅父哦叹之音，日后竟然发展成唯我独有的曼吟回唱，一波三折，余韵不绝，跟长辈比较单调的诵法全然相异。五十年来，每逢独处寂寞，例如异国的风朝雪夜，或是高速长途独自驾车，便纵情朗吟“弃我去者，昨日之日不可留；乱我心者，今日之日多烦忧”，或是“长洪斗落生跳波，轻舟南下如投梭，水师绝叫凫雁起，乱石一线争磋磨”，顿觉太白、东坡就在肘边，一股豪气上通唐宋。若是吟起更高古的“老骥伏枥，志在千里。烈士暮年，壮心不已”，意兴就更加苍凉了。

《晋书·王敦传》说王敦酒后，辄咏曹操这四句古诗，一边用玉如意敲打唾壶做节拍，壶边尽缺。清朝的名诗人龚自珍有这么一首七绝：“回肠荡气感精灵，座客苍凉酒半醒。自别吴郎高咏减，珊瑚击碎有谁听？”说的正是这种酒酣耳热，纵情朗吟，而四座共鸣的豪兴。这也正是中国古典诗感性的生命所在。只用今日的普通话来读古诗或者默念，只恐永远难以和李杜呼吸相通，太可惜了。

前年 10 月，我在英国六个城市巡回诵诗。每次在朗诵自己作品六七首的英译之后，我一定选一两首中国古诗，先读其英译，然后朗吟原文。吟声一断，掌声立起，反应之热烈，从无例外。足见诗之朗诵具有超乎意义的感染性，不幸这种感性教育今已荡然无存，与书法同一式微。

去年 12 月，我在“第二届中国文学翻译国际研讨会”上，对各国的汉学家报告我中译王尔德喜剧《温夫人的扇子》的经验，说王尔德的文字好炫才气，每令译者“望洋兴叹”而难以下笔，但是有些地方碰巧，我的译文也会胜过他的原文。众多学者吃了一惊，一起抬头等待下文。我说：“有些地方，例如对仗，英文根本比不上中文。在这种地方，原文不如译文，不是王尔德不如我，而是他捞过了界，竟以英文的弱点来碰中文的强势。”

我以身为中国人自豪，更以能使用中文为幸。

1993 年 1 月

谁能叫世界停止三秒

如果镜子是无心的相机，所以健忘，那么相机就是多情的镜子，所以留影。这世界，对镜子只是过眼云烟，但是对相机却是过目不忘。如果当初有幸映照海伦的镜子是一架相机，我们就有福像希腊的英雄，得以餍足传说的绝色了。可怜古人，只能对着镜子顾影自怜，即使那惜色死（Narcissus），也不过临流自恋，哪像现代人这样，自怜起来，总有千百张照片，不，千百面镜子，可供顾影。

在忙碌的现代社会，谁能叫世界停止三秒钟呢？谁也不能，除了摄影师。一张团体照，先是为让座扰攘了半天，好不容易都各就各位，后排的立者不是高矮悬殊，就是左右失称，不然就是谁的眼镜反光，或是帽穗不整，总之是叫摄影师看不顺眼，要叫阵一般呼喝纠正。大太阳下，或是寒风之中，一连十几分钟，管你是君王还是总统，谁能够违背掌控相机的人呢？

“不要动！”

最后的一道命令有绝对的权威。谁敢动一根睫毛，做害群之马呢？这一声呼喝的威慑，简直像美国的警察喝止逃犯：“Freeze！”真吓得众人决眦裂眶，笑容僵硬，再三吩咐“Say cheese”也没用。相片冲出来了，一看，美中不足，总有人反应迟缓，还是眨了眼睛。人类正如希腊神话的百眼怪物阿格斯（Argus），总有几双眼睛是闭目养神的。

排排坐，不为吃果果，却为照群相。其结果照例是单调而乏味。近年去各地演讲，常受镁光闪闪的电击，听众轮番来合影，更成了“换汤不换药”的场面，久之深尝为药之苦。笑容本应风行水上，自然成纹，一旦努力维持，就变成了假面，沦为伪善。久之我竟发明了一个应战的新招。

摄影师在要按快门之前，照例要喊“一——二——三”，这老招其实并不管用，甚至会帮倒忙，因为喊“一——二——”的时候，“摄众”已经全神戒备，等到喊“三”，表情早已呆滞，而笑容，如果真有的话，也早因勉强延长而开始僵化。所以群照千篇一律，总不免刻板乏味。

因此近年我接受摄影，常要对方省掉这记旧招，而改为任我望向别处，只等他一声叫“好”，我就蓦然回首，注视镜头。这样，我的表情也好，姿势也好，都是新的，即使笑容也是初绽。

在一切都还来不及发呆之前，快门一闪，刹那早已成擒。

摄影，是一门艺术吗？当然是的。不过这门艺术，是神做一半，人做一半。对莫奈来说，光，就是神。鸿蒙之初，神曰，天应有光，光乃生。断霞横空，月影在水，哲人冥思，佳人回眸，都是已有之景，已然之情，也就是说神已做了一半。但是要捕永恒于刹那，擒光影于恰好，还有待把握相机的高手。当奇迹发生，你得在场，你的追光宝盒得在手边，一掏便出，像西部神枪手那样。

阿富汗少女眼瞳奋睁的神色，既惊且怒，在《国家地理杂志》的封面上，瞪得全世界背脊发毛，良心不安。仅此一瞥，比起阿富汗派遣能言善辩的外交官去联合国控诉，更为有力，更加深刻，更像一场眼睁睁的梦魇。但是那奇迹千载难逢，一瞥便逝，不容你喊什么“一——二——三”。

其实摄影要成为艺术，至少成为终生难忘的纪念，镜头面前的受摄人，有时，也可以反客为主，有所贡献的。不论端坐还是肃立，正面而又正色的人像，实在太常见了，为什么不照侧面或背影呢？今日媒体这么发达，记者拍照，电视摄影，久矣我已习于镜头的瞪视。记者成了业余导演，一会儿要我坐在桌前做写诗状，一会儿又要我倚架翻书；到了户外，不是要我独步长廊，便是要我憩歇在菩提树下，甚至伫立在堤上，看整座海峡在悲怆的暮色里把落日接走。我成了一个半吊子的临时演员，在自己的诗境里进进出出。久之我也会选择背景，安排姿势，或出其不意地回头挥手。

有一年带中山大学的学生去南非交流，到了祖鲁族的村落，大家都争与土著并立摄影。我认为那样太可惜了，便请一位祖鲁战士朝我挥戈，矛尖直指我咽喉，我则举手护头，做危急状。

1981年大陆开放不久，辛笛与柯灵随团去香港，参加中文大学主办的“40年代文学研讨会”。辛笛当年出过诗集《手掌集》，我就此书提出一篇论文，因题生题，就叫《试为辛笛看手相》，大家觉得有趣。会后晚宴，摄影师特别为我与辛笛先生合照留念。突然我把他的右手握起，请他摊开掌心，任我指指点点，像是在看手相。辛笛大悦，众人大笑。

有一次在西子湾，钟玲为获得国家文学奖宴请系上的研究生，餐后师生轮流照相。何瑞莲与郑淑锦，一左一右，正要和我合影，忽然我的两肩同受压力，原来是瑞莲的右肘和淑锦的左臂一齐搁了上来。她们是见机即兴，还是早有阴谋，我不知道。总之这一招奇袭，令平日保守的师生一惊，一笑，并且为我家满坑满谷的照片添了有趣的一张。那天阳光颇艳，我戴了一副墨镜，有人看到照片，说我像个黑道大哥。

上个月回去中文大学，许云娴带我去新亚书院的新景点“天人合一”。她告诉我，金耀基校长夸称此乃香港第二景，人问第一景何在，金耀基笑曰：“尚未发现。”我们走近“天人合一”，只觉水光潋滟，一片空明，怎么吐露港波满欲溢，竟然侵到校园的崖边来了？正感目迷神荡，惊疑未定，云娴笑说：“且随我来。”便领我向空明走去。这才发现，原来崖边是一汪小池，泓澄清澈，远远看过来，竟有与海相接的幻觉。人工巧接天然，故云“天人合一”。一条小径沿着悬崖绕到池后，狭险至极。大家轮流危立在径道上，背海面池照起相来。轮到我时，我便跪了下来，把下巴搁在池边。照片冲出来后，只见我的头颅浮在浩渺之上，朋友乍见，一时都愕然不解。

人生一世，贪嗔兼痴，自有千般因缘，种种难舍。雪泥鸿爪，谁能留得住，记得清呢？记日记吗，太耗时了。摄影，不但快速，而且巨细不遗，倒是方便得多。黄金分割的一小块长方形，是一整个迷幻世界，容得下你的亲人、情人、友人；而更重要的，是你，这世界的主角，也在其中。王尔德说他一生最长的罗曼史，便是自恋。所以每个人都有无数的照片，尤其是自己的倩影。孙悟空可以吹毛分身，七十二变。现代人摄影分身，何止七十二变呢？家家户户，照片泛滥成灾，是必然的。

这种自恋的罗曼史，不像日记那样只堪私藏，反要公开炫示才能满足。主人要享炫耀之乐，客人就得尽观赏之责。几张零照倒不足畏，最可畏的，是主人隆而重之，抱出好几本相簿来飨客。眼看这展示会，餐罢最后的一道甜点，一时是收不了的了，客人只好深呼吸以迎战，不仅凝眸细赏，更要啧啧赞叹。如果运气好，主人起身去添茶或听电话，客人便可乘机一下子多翻几页。

一人之自恋，他人之疲倦。话虽如此，敝帚仍然值得自珍。我家照片泛滥，相簿枕藉，上万张是一定的，好几万也可能。年轻时照的太少，后来照的太多，近年照的有不少实在多余。其中值得珍藏并对之怀旧甚至怀古的，也该有好几百张。身为人子、人夫、人父、人祖、人友、人师，那些亲友与宝贝学生的照片当然最为可贵。但身为诗人，却有两张照片，特别值得一提。

第一张是群照，摄于1961年年初。当时我英译的《中国新诗选》在香港出版，台北美国新闻处办了一个茶会庆祝，邀请入选的诗人参加，胡适与罗家伦更以新文学前辈的身份光临。胡适并且是新诗的开山祖，会上免不了应邀致辞，用流利的英语，从追述新诗的发轫到鼓励后辈的诗人，说了十分钟话。有些入选的诗人，如痖弦、阮囊、向明，那天未能出席，十分可惜。但上照的仍为多数，计有纪弦、钟鼎文、覃子豪、周梦蝶、夏菁、罗门、蓉子、洛夫、郑愁予、叶珊和我，共为十一人。就当年而言，大半个诗坛都在其中了。

另一张是我和弗罗斯特的合照，摄于1959年。当时我三十一岁，老诗人已经八十五岁了。他正面坐着，我则站在椅后，斜侍于侧。老诗人须发皆白，似在冥想，却不很显得龙钟。他手握老派的派克钢笔，正应我之请准备在我新买的《弗罗斯特诗集》上题字。我心里想的，是眼前这一头银丝，若能偷剪得数缕，回去分赠给台湾的诗友，这大礼可是既轻又重啊。

这张合照经过放大装框，高踞我书房的架顶，久已成了我的“长老缪斯”；也是我家四个女儿“眼熟能详”的艺术图腾，跟凡·高、王尔德、披头士一样。只有教美国诗到弗罗斯特时，才把他请下架来，拿去班上给小他一百一十岁的学生传观，使他们惊觉，书上的大诗人也跟他们并非毫无关系。

胡适逝于1962年，弗罗斯特逝于翌年。留下了照片，虽然不像留下了著作那么重要，却也是另一方式的传后，令隔代的读者更感亲切。从照片上看，翩翩才子的王尔德实在嫌胖了，不像他的警句那么锋芒逼人，不免扫兴。我常想，如果孔子真留下一张照片，我们就可以仔细端详，圣人究竟是什么模样，难道真如郑人所说，“累累若丧家之狗”？中国的历史太长，古代的圣贤豪杰不要说照片了，连画像也非当代的写真。后世画家所作的画像，该是依据古人的人品或风格揣摩而来，像梁楷的《太白行吟图》与苏六朋的《太白醉酒图》虽为逸品，却是写意。杨荫深编著的《中国文学家列传》，五百二十人中附画像的约有五分之一，可是面貌往往相似，不出麻衣相法的典型脸谱，望之令人发笑。

英国工党的要角班东尼（Tony Benn）有一句名言：“人生的遭遇，大半是片刻的欢乐换来终身的不安；摄影，却是片刻的不安换来终身的欢乐。”难怪有那么多发烧的摄影迷不断地换相机，装胶卷，睁一眼，闭一眼，镁光闪闪，快门唰唰，明知这世界不断在逃走，却千方百计，要将它留住。

2003年12月28日

凭一张地图

一百八十年前，苏格兰的文豪卡莱尔从家乡艾克雷夫城（Ecclefechan）徒步去爱丁堡上大学，八十四英里的路程，足足走了三天。7月底我在英国驾车旅行，循着卡莱尔古老的足印，他跋涉三天的长途，我三小时就到了。凡在那一带开过山路的人都知道，那一条路，三天就徒步走完，绝非易事，不由得我不佩服卡莱尔的体力与毅力。凭那样的毅力，也难怪他能在《法国革命》一书的原稿被焚之后，竟然再写一次。

出国旅行，最便捷的方式当然是乘飞机，但是机票太贵，机窗外面只见云来雾去，而各国的机场也都大同小异。飞机只是蜻蜓点水，要看一个国家，最好的办法还是乘火车、汽车、单车。

不过火车只停大站，而且受制于时间表，单车呢，又怕风雨，而且不堪重载。我最喜欢的还是自己开车，只要公路网所及之处，凭一张精确而美丽的地图，凭着旁座读地图的伴侣，我总爱开车去游历。只要神奇的方向盘在手，天涯海角的名胜古迹都可以召来车前。

十三年前的仲夏我在澳洲，想从沙漠中央的孤城爱丽丝泉（Alice Springs）租车去看红岩奇景。那时我驾驶的经验只限于美国，但是澳大利亚和英国一样，驾驶座是在右边。一坐上租来的车子，左右相反，顿觉天旋地转，无所适从，只好退车。在香港开车八年，久已习于右座驾驶，所以今夏去西欧开车，时左时右，再也难不倒我。

飞去巴黎之前，我在香港买了西欧的火车月票。凭了这种颇贵的长期车票（Eurail pass），我可以在西欧各国随时搭车，坐的是头等车厢，而且不计路程的远近。二十六岁以下的青年也可以买这种长期票，价格较低，但是只能坐二等。所以在西班牙和法国旅行时，我尽量搭乘火车。火车不便的地方，就租车来开，因此不少偏僻的村镇，我都去过。英国没有加入西欧这种长期票的组织，我在英国旅行，就完全自己开车。

在西欧租车，相当昂贵，租费不但按日计算，还要按照里数。且以两千西西的中型车为例，在西班牙每天租金是五千西币（Peseta，每二十元值港币一元），每开一公里再收四十五西币，加上保险和汽油，就很贵了。在法国租这样一辆车，每天收二百法郎（约合一百七十港币），每公里再收两法郎，比西班牙稍为便宜。问题在于：按里收费，就开不痛快。如果像美国人那样长途开车，平均每天三百英里，即四百八十公里，单以里程来计，每天就接近一千法郎了。

幸好英国跟美国一样大方，租车只计日数，不计里数，所以我在英国开车，不计山长水远，最是意气风发。路远，当然多耗汽油，可是比起按里收费来，简直不算什么。伦敦的租车业真是洋洋大观，电话簿的“黄页”一连百多家车行。你可以连车带司机一起租，那车，当然是极奢华的劳斯莱斯或者戴姆勒。你也可以把车开去西欧各国。甚至你可以预先租好，一下飞机，就有车可开。我在英国租了一辆快意（Fiat Regata），八天内开了一千三百英里，只收二百三十英镑，比在西班牙和法国便宜得多。

伦敦租车行的漂亮小姐威胁我说：“你开车出伦敦，最好有人带路，收费五英镑。”我不服气道：“纽约也好，芝加哥也好，我都随便进进出出，怕什么伦敦？”她把伦敦市街的详图向我一折又一折地摊开，盖没了整个大桌面，咬字清晰地说道：“哪，这是伦敦！大街小巷两千多条，弯的多，直的少，好多还是单行道。至于路牌嘛，只告诉你怎么进城，不告诉你怎么出城。你瞧着办吧，开不出城把车丢在半路的顾客，多的是。”

我怔住了，心想这伦敦恐怕真是难缠，便沉吟起来。第二天车行派人来交车，我果然请她带我出城，在去牛津的路边停下车来，从我手上接过五英镑钞票，告别而去。我没有说错，来交车的是一个“她”，不是“他”。我在旅馆的大厅里站了足足十分钟，等一个彪形的司机出现。最后那司机开口了：“你是余先生吗？”竟是一位清秀的中年太太。我冲口说：“没想到是一位女士。”她笑道：“应该是男士吗？”

在西欧开车，许多地方不如在美国那么舒服。西欧纬度高，夏季短，汽车大半没有冷气，只能吹风，太阳一出来，车厢里就觉得燠热。公路两旁的休息站很少，加油也不太方便。路牌矮而小，往往是白底黑字，字体细瘦，不像美国的那样横空而起，当顶而过，巨如牌坊。英国公路上两道相交，不像美国那么豪华，大造其四叶苜蓿（Clover-leaf）的立体花桥，只用一个圆环来分道，车势就缓多了。长途之上绝少广告牌，固然山水清明，游目无碍，久之却也感到寂寥，好像已经驶出了人间。等到暮色起时，也找不到美式的汽车客栈。

1985 年 9 月 1 日《联合报·联合副刊》

听听那冷雨

惊蛰一过，春寒加剧。先是料料峭峭，继而雨季开始，时而淋淋漓漓，时而淅淅沥沥，天潮潮地湿湿，即使在梦里，也似乎把伞撑着。而就凭一把伞，躲过一阵潇潇的冷雨，也躲不过整个雨季。连思想也都是潮润润的。每天回家，曲折穿过金门街到厦门街迷宫式的长巷短巷，雨里风里，走入霏霏更令人想入非非。想这样子的台北凄凄切切完全是黑白片的味道，想整个中国整部中国的历史无非是一张黑白片子，片头到片尾，一直是这样下着雨的。这种感觉，不知道是不是从安东尼奥尼那里来的。不过那一块土地是久违了，二十五年，四分之一的世纪，即使有雨，也隔着千山万山，千伞万伞。二十五年，一切都断了，只有气候，只有气象报告还牵连在一起。大寒流从那块土地上弥天卷来，这种酷冷吾与古大陆分担。不能扑进她怀里，被她的裾边扫一扫也算是安慰孺慕之情吧。

这样想时，严寒里竟有一点温暖的感觉了。这样想时，他希望这些狭长的巷子永远延伸下去，他的思路也可以延伸下去，不是金门街到厦门街，而是金门到厦门。他是厦门人，至少是广义的厦门人，二十年来，不住在厦门，住在厦门街，算是嘲弄吧，也算是安慰。不过说到广义，他同样也是广义的江南人，常州人，南京人，川娃儿，五陵少年。杏花春雨江南，那是他的少年时代了。再过半个月就是清明。安东尼奥尼的镜头摇过去，摇过去又摇过来。残山剩水犹如是，皇天后土犹如是，纭纭黔首、纷纷黎民从北到南犹如是。那里面是中国吗？那里面当然还是中国，永远是中国。只是杏花春雨已不再，牧童遥指已不再，剑门细雨渭城轻尘也都已不再。然则他日思夜梦的那片土地，究竟在哪里呢？

在报纸的头条标题里吗？还是香港的谣言里？还是傅聪的黑键白键马思聪的跳弓拨弦？还是安东尼奥尼的镜底勒马洲的望中？还是呢，故宫博物院的壁头和玻璃柜内，京戏的锣鼓声中太白和东坡的韵里？

杏花。春雨。江南。六个方块字，或许那片土就在那里面。而无论赤县也好神州也好中国也好，变来变去，只要仓颉的灵感不灭美丽的中文不老，那形象、那磁石一般的向心力当必然长在。因为一个方块字是一个天地。太初有字，于是汉族的心灵他祖先的回忆和希望便有了寄托。譬如凭空写一个“雨”字，点点滴滴，滂滂沱沱，淅淅沥沥，一切云情雨意，就宛然其中了。视觉上的这种美感，岂是什么 rain 也好 pluie 也好所能满足？翻开一部《辞源》或《辞海》，金木水火土，各成世界，而一入“雨”部，古神州的天颜千变万化，便悉在望中，美丽的霜雪云霞，骇人的雷电霹雹，展露的无非是神的好脾气与坏脾气，气象台百读不厌、门外汉百思不解的百科全书。

听听，那冷雨。看看，那冷雨。嗅嗅闻闻，那冷雨。舔舔吧，那冷雨。雨在他的伞上这城市百万人的伞上雨衣上屋上天线上，雨下在基隆港在防波堤在海峡的船上，清明这季雨。雨是女性，应该最富于感性。雨气空蒙而迷幻，细细嗅嗅，清清爽爽新新，有一点点薄荷的香味，浓的时候，竟发出草和树沐发后特有的淡淡土腥气，也许那竟是蚯蚓和蜗牛的腥气吧，毕竟是惊蛰了啊。也许地上的、地下的生命，也许古中国层层叠叠的记忆皆蠢蠢而蠕，也许是植物的潜意识和梦吧，那腥气。

第三次去美国，在高高的丹佛山居住了两年。美国的西部，多山多沙漠，千里干旱，天，蓝似盎格鲁－撒克逊人的眼睛，地，红如印第安人的肌肤，云，却是罕见的白鸟。落基山簇簇耀目的雪峰上，很少飘云牵雾。一来高，二来干，三来森林线以上，杉柏也止步，中国诗词里“荡胸生层云”或是“商略黄昏雨”的意趣，是落基山上难睹的景象。落基山岭之胜，在石，在雪。那些奇岩怪石，相叠互倚，砌一场惊心动魄的雕塑展览，给太阳和千里的风看。那雪，白得虚虚幻幻，冷得清清醒醒，那股皑皑不绝一仰难尽的气势，压得人呼吸困难，心寒眸酸。不过要领略“白云回望合，青霭入看无”的境界，仍须来中国。台湾湿度很高，最饶云气氤氲雨意迷离的情调。两度夜宿溪头，树香沁鼻，宵寒袭肘，枕着润碧湿翠苍苍交叠的山影和万籁都歇的岑寂，仙人一样睡去。山中一夜饱雨，次晨醒来，在旭日未升的原始幽静中，冲着隔夜的寒气，踏着满地的断柯折枝和仍在流泻的细股雨水，一径探入森林的秘密，曲曲弯弯，步上山去。溪头的山，树密雾浓，蓊郁的水汽从谷底冉冉升起，时稠时稀，蒸腾多姿，幻化无定，只能从雾破云开的空处，窥见乍现即隐的一峰半壑，要纵览全貌，几乎是不可能的。至少入山两次，只能在白茫茫里和溪头诸峰玩捉迷藏的游戏，回到台北，世人问起，除了笑而不答心自闲，故作神秘之外，实际的印象，也无非山在虚无之间罢了。云缭烟绕，山隐水迢的中国风景，由来予人宋画的韵味。那天下也许是赵家的天下，那山水却是米家的山水。而究竟，是米氏父子下笔像中国的山水，还是中国的山水上纸像宋画，恐怕是谁也说不清楚了吧？

雨不但可嗅，可观，更可以听。听听那冷雨。听雨，只要不是石破天惊的台风暴雨，在听觉上总是一种美感。大陆上的秋天，无论是疏雨滴梧桐，还是骤雨打荷叶，听去总有一点凄凉、凄清、凄楚，于今在岛上回味，则在凄楚之外，更笼上一层凄迷了。饶你多少豪情侠气，怕也经不起三番五次的风吹雨打。一打少年听雨，红烛昏沉。两打中年听雨，客舟中，江阔云低。三打白头听雨，在僧庐下，这便是亡宋之痛，一颗敏感心灵的一生：楼上，江上，庙里，用冷冷的雨珠子串成。十年前，他曾在一场摧心折骨的鬼雨中迷失了自己。雨，该是一滴湿漓漓的灵魂，窗外在喊谁。

雨打在树上和瓦上，韵律都清脆可听。尤其是铿铿敲在屋瓦上，那古老的音乐，属于中国。王禹偁在黄冈，破如椽的大竹为屋瓦。据说住在竹楼上面，急雨声如瀑布，密雪声比碎玉，而无论鼓琴、咏诗、下棋、投壶，共鸣的效果都特别好。这样岂不像住在竹筒里面，任何细脆的声响，怕都会加倍夸大，反而令人耳朵过敏吧。

雨天的屋瓦，浮漾湿湿的流光，灰而温柔，迎光则微明，背光则幽暗，对于视觉，是一种低沉的安慰。至于雨敲在鳞鳞千瓣的瓦上，由远而近，轻轻重重轻轻，夹着一股股的细流沿瓦槽与屋檐潺潺泻下，各种敲击音与滑音密织成网，谁的千指百指在按摩耳轮。“下雨了”，温柔的灰美人来了，她冰冰的纤手在屋顶拂弄着无数的黑键啊灰键，把晌午一下子奏成了黄昏。

在古老的大陆上，千屋万户是如此。二十多年前，初来这岛上，日式的瓦屋亦是如此。先是天暗了下来，城市像罩在一块巨幅的毛玻璃里，阴影在户内延长复加深。然后凉凉的水意弥漫在空间，风自每一个角落里旋起，感觉得到，每一个屋顶上呼吸沉重都覆着灰云。雨来了，最轻的敲打乐敲打这城市。苍茫的屋顶，远远近近，一张张敲过去，古老的琴，那细细密密的节奏，单调里自有一种柔婉与亲切，滴滴点点滴滴，似幻似真，若孩时在摇篮里，一曲耳熟的童谣摇摇欲睡，母亲吟哦鼻音与喉音。或是在江南的泽国水乡，一大筐绿油油的桑叶被啮于千百头蚕，细细琐琐层层，口器与口器咀咀嚼嚼。雨来了，雨来的时候瓦这么说，一片瓦说千亿片瓦说，说轻轻地奏吧沉沉地弹，徐徐地叩吧挞挞地打，间间歇歇敲一个雨季，即兴演奏从惊蛰到清明，在零落的坟上冷冷奏挽歌，一片瓦吟千亿片瓦吟。

在日式的古屋里听雨，听 4 月，霏霏不绝的黄梅雨，朝夕不断，旬月绵延，湿黏黏的苔藓从石阶下一直侵到他舌底，心底。到 7 月，听台风台雨在古屋顶上一夜盲奏，千寻海底的热浪沸沸被狂风挟来，掀翻整个太平洋只为向他的矮屋檐重重压下，整个海在他的蜗壳上哗哗泻过。不然便是雷雨夜，白烟一般的纱帐里听羯鼓一通又一通，滔天的暴雨滂滂沛沛扑来，强劲的电琵琶忐忐忑忑忐忑忑，弹动屋瓦的惊悸腾腾欲掀起。不然便是斜斜的西北雨斜斜，刷在窗玻璃上，鞭在墙上，打在阔大的芭蕉叶上，一阵寒潮泻过，秋意便弥漫日式的庭院了。

在日式的古屋里听雨，春雨绵绵听到秋雨潇潇，从少年听到中年，听听那冷雨。雨是一种单调而耐听的音乐，是室内乐，是室外乐，户内听听，户外听听，冷冷，那音乐。雨是一种回忆的音乐，听听那冷雨，回忆江南的雨下得满地是江湖，下在桥上和船上，也下在四川在秧田和蛙塘，下肥了嘉陵江，下湿布谷咕咕的啼声。雨是潮潮润润的音乐，下在渴望的唇上，舐舐那冷雨。

因为雨是最最原始的敲打乐从记忆的彼端敲起。瓦是最最低沉的乐器灰蒙蒙的温柔覆盖着听雨的人，瓦是音乐的雨伞撑起。但不久公寓的时代来临，台北你怎么一下子长高了，瓦的音乐竟成了绝响。千片万片的瓦翩翩，美丽的灰蝴蝶纷纷飞走，飞入历史的记忆。现在雨下下来下在水泥的屋顶和墙上，没有音韵的雨季。树也砍光了，那月桂，那枫树，柳树和擎天的巨椰，雨来的时候不再有丛叶嘈嘈切切，闪动湿湿的绿光迎接。鸟声减了啾啾，蛙声沉了咯咯，秋天的虫吟也减了唧唧。70年代的台北不需要这些，一个乐队接一个乐队便遣散尽了。要听鸡叫，只有去《诗经》的韵里找。现在只剩下一张黑白片，黑白的默片。

正如马车的时代去后，三轮车的时代也去了。曾经在雨夜，三轮车的油布篷挂起，送她回家的途中，篷里的世界小得多可爱，而且躲在警察的辖区以外。雨衣的口袋越大越好，盛得下他的一只手里握一只纤纤的手。台湾的雨季这么长，该有人发明一种宽宽的双人雨衣，一人分穿一只袖子，此外的部分就不必分得太苛。而无论工业如何发达，一时似乎还废不了雨伞。只要雨不倾盆，风不横吹，撑一把伞在雨中仍不失古典的韵味。任雨点敲在黑布伞或是透明的塑胶伞上，将骨柄一旋，雨珠向四方喷溅，伞缘便旋成了一圈飞檐。跟女友共撑一把雨伞，该是一种美丽的合作吧。最好是初恋，有点兴奋，更有点不好意思，若即若离之间，雨不妨下大一点。真正初恋，恐怕是兴奋得不需要伞的，手牵手在雨中狂奔而去，把年轻的长发和肌肤交给漫天的淋淋漓漓，然后向对方的唇上、颊上尝凉凉甜甜的雨水。不过那要非常年轻且激情，同时，也只能发生在法国的新潮片里吧。

大多数的雨伞想不会为约会张开。上班下班，上学放学，菜市来回的途中，现实的伞，灰色的星期三。握着雨伞，他听那冷雨打在伞上。索性更冷一些就好了，他想。索性把湿湿的灰雨冻成干干爽爽的白雨，六角形的结晶体在无风的空中回回旋旋地降下来，等须眉和肩头白尽时，伸手一拂就落了。二十五年，没有受故乡白雨的祝福，或许发上下一点白霜是一种变相的自我补偿吧。一位英雄，经得起多少次雨季？他的额头是水成岩削成还是火成岩？他的心底究竟有多厚的苔藓？厦门街的雨巷走了二十年与记忆等长，一座无瓦的公寓在巷底等他，一盏灯在楼上的雨窗子里，等他回去，向晚餐后的沉思冥想去整理青苔深深的记忆。前尘隔海。古屋不再。听听那冷雨。

1974 年春分之夜

娓娓与喋喋

不知道我们这一生究竟要讲多少句话？如果有一种电脑可以统计，像日行万步的人所带的计步器那样，我相信其结果必定是天文数字，其长，可以绕地球几周，其密，可以下大雨几场。情形当然因人而异。有人说话如参禅，能少说就少说，最好是不说，尽在不言之中。有人说话如嘶蝉，并不一定要说什么，只是无意识的口腔运动而已。说话，有时只是掀唇摇舌，有时是为了表情达意，有时，却也是一种艺术。许多人说话只是避免冷场，并不要表达什么思想，因为他们的思想本就不多。至于说话而成艺术，一语而妙天下，那是可遇不可求：要记入《世说新语》或《约翰生传》才行。哲人桑塔耶纳[1]就说："雄辩滔滔是民主的艺术，清谈娓娓的艺术却属于贵族。"他所指的贵族不是阶级，而是趣味。

最常见的该是两个人的对话。其间的差别当然是大极了。对象若是法官、医师、警察、主考之类，对话不但紧张，有时恐怕还颇危险，乐趣当然是谈不上的。朋友之间无所用心的闲谈，如果两人的识见相当，而又彼此欣赏，那是最快意的事了。如果双方的识见悬殊，那就好像下棋让子，玩得总是不畅。要紧的是双方的境界能够交接，倒不一定两人都有口才，因为口才宜于应敌，却不宜用来待友。甚至也不必都能健谈：往往一个健谈，一个善听，反而是最理想的配合。可贵的在于共鸣，不，在于默契。真正的知己，就算是脉脉相对，无声也胜似有声——这情景当然也可以包括夫妻和情人。

这世界如果尽是健谈的人，就太可怕了。每一个健谈的人都需要一个善听的朋友，没有灵耳，巧舌拿来做什么呢？英国散文家赫兹里特说："交谈之道不但在会说，也在会听。"在公平的原则下，一个人要说得尽兴，必须有另一个人听得入神。如果说话是权利，听话就是义务，而义务应该轮流负担。同时，仔细听人说话，轮到自己说时，才能充分切题。我有一些朋友，迄未养成善听人言的美德，所以跟人交谈，往往像在自言自语。凡是音乐家，一定先能听音辨声，先能收，才能发。仔细听人说话，是表示尊敬与关心。善言，能赢得听众。善听，才赢得朋友。

[1] 现译为桑塔亚纳。——编者注

如果是几个人聚谈，又不同了。有时座中一人侃侃健谈，众人睽睽恭听，那人不是上司、前辈，便是德高望重，自然拥有发言权，甚至插口之权，其他的人就只有斟酒点烟、随声附和的份了。有时见解出众、口舌便捷的人，也能独揽话题，语惊四座。有时座上有二人焉，往往是主人与主客，一来一往，你问我答，你攻我守，左右了全席谈话的大势，也能引人入胜。

最自然也是最有趣的情况，乃是滚雪球式。谈话的主题随缘而转，愈滚愈大，众人兴之所至，七嘴八舌，或轮流做庄，或旁白助阵，或争先发言，或反复辩难，或怪问乍起而举座愕然，或妙答迅速而哄堂大笑，一切都是天机巧合，甚至重加排练也不能再现原来的生趣。这种滚雪球式，人人都说得尽兴，也都听得入神，没有冷场，也没有冷落了谁，却有一个条件，就是座上尽是老友，也有一个缺点，就是良宵苦短，壁钟无情，谈兴正浓而星斗已稀。日后我们怀念故人，那一景正是最难忘的高潮。

众客之间若是不顶熟稔，雪球就滚不起来。缺乏重心的场面，大家只好就地取材，与邻座不咸不淡地攀谈起来，有时兴起，也会像旧小说那样“捉对儿厮杀”。这时，得凭你的运气了。万一你遇人不淑，邻座远交不便，近攻得手，就守住你一个人恳谈、密谈。更有趣的话题，更壮阔的议论，正在一米外热烈展开，也许就是今晚最生动的一刻；明知你真是冤枉，错过了许多赏心乐事，却不能不收回耳朵，面对你的不芳之邻，在表情上维持起码的礼貌。其实呢，你恨不得他忽然被鱼刺鲠住。这种性好密谈的客人，往往还有一种恶习，就是名副其实地交头接耳，似乎他要郑重交代的，句句都是肺腑之言，恨不得回其天鹅之颈，伸其长蛇之舌，来舔你的鼻子，哎呀，真的是 tête-à-tête 还不够，必得 nose-to-nose 才满足。你吓得闭气都来不及了，哪里还听得进什么肺腑之言？此人的肺腑深深深几许，尚不得而知，他的口腔是怎么一回事，早已有各种菜味，酸甜苦辣地向你来告密了。至于口水，更是不问可知，早已泽被四方矣，谁叫你进入它的射程呢？

聚谈杂议，幸好不是每次都这么危险。可是现代人的生活节奏毕竟愈来愈快，无所为的闲谈、雅谈、清谈、忘机之谈几乎是不可能了。“偶然值林叟，谈笑无还期。”在一切讲究效率的工业社会，这种闲逸之情简直是一大浪费。刘禹锡但求无丝竹之扰耳，其实丝竹比起现代的流行音乐来，总要清雅得多。现代人坐上计程车、火车、长途汽车，都难逃噪音之害，到朋友家去谈天吧，往往又有孩子在看电视。饭店和咖啡馆而能免于音乐的，也很少见了。现代生活的一大可恼，便是经常横被打断，要跟二三知己促膝畅谈，实在太难。

剩下的一种谈话，便是跟自己了。我不是指出声的自言自语，而是指自我的沉思默想。发现自己内心的真相，需要性格的力量。唯勇者始敢单独面对自己，唯智者才能与自己为伴。一般人的心灵承受不了多少静默，总需要有一点声音来解救。所以卡莱尔说：“语言属于时间，静默属于永恒。”可惜这妙念也要言诠。

1986 年 1 月 9 日至 10 日台湾新闻报《西子湾》

朋友四型

一个人命里不见得有太太或丈夫，但绝对不可没有朋友。即使是荒岛上的鲁滨孙，也不免需要一个“礼拜五”。一个人不能选择父母，但是除了鲁滨孙之外，每个人都可以选择自己的朋友。照说选来的东西，应该符合自己的理想才对，但是事实又不尽然。你选别人，别人也选你。被选，是一种荣誉，但不一定是一件乐事。来按你门铃的人很多，岂能人人都令你“喜出望外”呢？大致说来，按铃的人可以分为下列四型：

第一型，高级而有趣。这种朋友理想是理想，只是可遇而不可求。世界上高级的人很多，有趣的人也很多，又高级又有趣的人却少之又少。高级的人使人尊敬，有趣的人使人欢喜，又高级又有趣的人，使人敬而不畏，亲而不狎，交结愈久，芬芳愈醇。譬如新鲜的水果，不但甘美可口，而且富于营养，可谓一举两得。朋友是自己的镜子。一个人有了这样的朋友，自己的境界也低不到哪里去。东坡先生杖履所至，几曾出现过低级而无趣的俗物？

第二型，高级而无趣。这种人大概就是古人所谓的诤友，甚至是畏友了。这种朋友，有的知识丰富，有的人格高超，有的呢，“品学兼优”像个模范生，可惜美中不足，都缺乏那么一点幽默感，活泼不起来。你总觉得，他身上有那么一个窍没有打通，因此无法豁然恍然，具备充分的现实感。跟他交谈，既不像打球那样，你来我往，此呼彼应，也不像滚雪球那样，把一个有趣的话题愈滚愈大。精力过人的一类，只管自己发球，不管你接不接得住。消极的一类则以逸待劳，难得接你一球两球。无论对手是积极还是消极，总之该你捡球，你不捡球，这场球是别想打下去的。这种畏友的遗憾，在于趣味太窄，所以跟你的“接触面”广不起来。天下之大，他从城南到城北来找你的目的，只在讨论“死亡在法国现代小说中的特殊意义”，或是“因纽特人对于性生活的态度”。为这种畏友捡一晚上的球，疲劳是可以想见的。这样的友谊有点像吃药，太苦了一点。

第三型，低级而有趣。这种朋友极富娱乐价值，说笑话，他最黄；说故事，他最像；消息，他最灵通；关系，他最广阔；好去处，他都去过；坏主意，他都打过。世界上任何话题他都接得下去，至于怎么个接法，就不用你操心了。他的全部学问，就在不让外行人听出他没学问。至于内行人，世界上有多少内行人呢？

所以他的马脚在许多客厅和餐厅里跑来跑去，并不怎么露眼。这种人最会说话，餐桌上有了他，一定宾主尽欢，大家喝进去的美酒还不如听进去的美言那么“沁人心脾”。会议上有了他，再空洞的会议也会显得主题正确，内容充沛，没有白开。如果说，第二型的朋友拥有世界上全部的学问，独缺常识，那么这一型的朋友则恰恰相反，拥有世界上全部的常识，独缺学问。照说低级的人而有趣味，岂非低级趣味，你竟能与他同乐，岂非也有低级趣味之嫌？不过人性是广阔的，谁能保证自己毫无此种不良的成分呢？如果要你做鲁滨孙，你会选第三型还是第二型的朋友做“礼拜五”呢？

第四型，低级而无趣。这种朋友，跟第一型的朋友一样少，或然率相当之低。这种人当然自有一套价值标准，非但不会承认自己低级而无趣，恐怕还自以为又高级又有趣呢。然则，余不欲与之同乐矣。

1972 年 5 月

日不落家

一

壹圆的旧港币上有一只雄狮，戴冕控球，姿态十分威武。但 7 月 1 日以后，香港归还了中国，那顶金冠就要失色，而那只圆球也不能号称全球了。伊丽莎白二世在位已经四十五年，恰与一世相等。在两位伊丽莎白之间，大英帝国从起建到瓦解，凡历四百余年，与汉代相当。方其全盛，这帝国的属地藩邦、运河军港，遍布了水陆大球，天下四分，独占其一，为历来帝国之所未见，有“日不落国”之称。

而现在，日落帝国，照艳了香港最后这一片晚霞。“日不落国”将成为历史，代之而兴的乃是“日不落家”。

冷战时代过后，国际日趋开放，交流日见频繁，加以旅游便利，资讯发达，这世界真要变成地球村了。于是同一家人辞乡背井，散落到海角天涯，昼夜颠倒，寒暑对照，便成了“日不落家”。今年我们的四个女儿，两个在北美，两个在西欧，留下我们二老守在岛上。一家而五分，你醒我睡，不可同日而语，也成了“日不落家”。

幼女季珊留法五年，先在翁热修法文，后去巴黎读广告设计，点唇画眉，似乎沾上了一些高卢风味。我家英语程度不低，但家人的法语发音，常会遭她纠正。她擅于学人口吻，并佐以滑稽的手势，常逗得母亲和姐姐们开心，轻则解颜，剧则捧腹。可以想见，她的笑话多半取自法国经验，首先自然是法国男人。马歇·马叟是她的偶像，害得她一度想学默剧。不过她的设计也学得不赖，我译的王尔德喜剧《理想丈夫》，便是她做的封面。现在她住在加拿大，一个人孤悬在温哥华南郊，跟我们的时差是早八小时。

长女珊珊在堪萨斯修完艺术史后，就一直留在美国，做了长久的纽约客。大都会的艺馆画廊既多，展览又频，正可尽情饱赏。珊珊也没有闲着，远流版两巨册的《现代艺术理论》就是她公余、厨余的译绩。华人画家在东岸出画集，也屡次请她写序。看来我的“序灾”她也有分了，成了“家患”，虽然苦些，却非徒劳。她已经做了母亲，男孩四岁，女孩未满两岁。家教所及，那小男孩一面挥舞恐龙和电动神兵，一面却随口叫出凡·高和蒙娜丽莎的名字，把考古、科技、艺术合而为一，十足一个博闻强记的顽童。四姐妹中珊珊来得最早，在生动的回忆里她是破天荒第一声婴啼，一婴开啼，众婴响应，带来了日后八根小辫子飞舞的热闹与繁华。然而这些年来她离开我们也最久，而自己有了孩子之后，也最不容易回台，所以只好安于“日不落家”，不便常回“娘家”了。她和幺妹之间隔了一整个美洲大陆，时差，又早了三个小时。

凌越渺渺的大西洋更往东去，五小时的时差，便到了莎士比亚所赞的故乡，“一块宝石镶嵌在银涛之上”。次女幼珊在曼彻斯特大学专攻华兹华斯，正襟危坐，苦读的是诗翁浩繁的全集，逍遥汗漫，优游的也还是诗翁俯仰的湖区。华兹华斯乃英国浪漫诗派的主峰，幼珊在柏克莱写硕士论文，仰攀的是这翠微，十年后径去华氏故乡，在曼城写博士论文，登临的仍是这雪顶，真可谓从一而终。世上最亲近华氏的女子，当然是他的妹妹桃乐赛（Dorothy Wordsworth），其次呢，恐怕就轮到我家的二女儿了。

幼珊留英，将满三年，已经是一口不列颠腔。每逢朋友访英，她义不容辞，总得驾车载客去西北的坎布利亚，一览湖区绝色，简直成了华兹华斯的特勤导游。如此奉献，只怕桃乐赛也无能为力吧。我常劝幼珊在撰正论之余，把她的英国经验，包括湖区的唯美之旅，一一分题写成杂文小品，免得日后“留英”变成“留白”。她却惜墨如金，始终不曾下笔，正如她的幺妹空将法国岁月藏在心中。

幼珊虽然远在英国，今年却不显得怎么孤单，因为三妹佩珊正在比利时研究，见而不难，没有时差。我们的三女儿反应迅速，兴趣广泛，而且“见异思迁”：她拿的三个学位依次是历史学士、广告硕士、行销博士。所以我叫她作“柳三变”。在香港读中文大学的时候，她的钢琴演奏曾经考取八级，一度有意去美国主修音乐；后来又任《星岛日报》的文教记者。所以在餐桌上我常笑语家人：“记者面前，说话当心。”

回台以后，佩珊一直在东海的企管系任教，这些年来，更把本行的名著三种译成中文，在“天下”“远流”出版。今年她去比利时做市场调查，范围兼及荷兰、英国。据我这做父亲的看来，她对消费的兴趣，不但是学术，也是癖好，尤其是对于精品。她的比利时之旅，不但饱览佛朗德斯名画，而且遍尝各种美酒，更远征土耳其，去清真寺仰听尖塔上悠扬的呼祷，想必是十分丰盛的经验。

二

世界变成了地球村，这感觉，看电视上的气象报告最为具体。台湾太热，温差又小，本地的气象报告不够生动，所以爱看外地的冷暖，尤其是够酷的低温。每次播到大陆各地，我总是寻找沈阳和兰州。“哇！零下十二摄氏度耶！过瘾啊！”于是一整幅雪景当面掴来，觉得这世界还是多彩多姿的。

一家既分五地，气候自然各殊。其实四个女儿都在寒带，最北的曼彻斯特约当北纬五十三度又半，最南的纽约也还有四十一度，都属于高纬了。总而言之，四个女儿纬差虽达十二度，但气温大同，只得一个“冷”字。其中幼珊最为怕冷，偏偏曼彻斯特严寒欺人，而读不完的华兹华斯又必须久坐苦读，难抵凛冽。对比之下，低纬二十二度半的高雄是暖得多了，即使嚷嚷寒流犯境，也不过等于英国的仲夏之夜，得盖被窝。

黄昏，是一日最敏感最容易受伤的时辰，气象报告总是由近而远，终于播到了北美与西欧，把我们的关爱带到高纬，向陌生又亲切的都市聚焦。陌生，因为是寒带。亲切，因为是我们的孩子所在。

“温哥华还在零下！”

“暴风雪袭击纽约，机场关闭！”

“伦敦都这么冷了，曼彻斯特更不得了！”

“布鲁塞尔呢，也差不多吧？”

坐在热带的凉椅上看国外的气象，我们总这么大惊小怪，并不是因为没有见识过冰雪，或是孩子们还在稚龄，不知保暖，更不是因为那些国家太简陋，难以御寒。只因为父母老了，念女情深，在记忆的深处，梦的焦点，在见不得光的潜意识底层，女儿的神情笑貌仍似往昔，永远珍藏在娇憨的稚岁，童真的幼龄——所以天冷了，就得为她们加衣，天黑了，就等待她们一一回来，向热腾腾的晚餐，向餐桌顶上金黄的吊灯报到，才能众辫聚首，众瓣围葩，辐辏成一朵哄闹的向日葵。每当我眷顾往昔，年轻的幸福感就在这一景停格。

人的一生有一个半童年。一个童年在自己小时候，而半个童年在自己孩子的小时候。童年，是人生的神话时代，将信将疑，一半靠父母的零星口述，很难考古。错过了自己的童年，还有第二次机会，那便是自己子女的童年。年轻爸爸的幸福感，大概仅次于年轻妈妈了。在厦门街绿荫深邃的巷子里，我曾是这么一位顾盼自得的年轻爸爸，四个女婴先后裹着奶香的襁褓，投进我喜悦的怀抱。黑白分明，新造的灵瞳灼灼向我转来，定睛在我脸上，不移也不眨，凝神认真地读我，似乎有一点困惑。

“好像不是那个（妈妈）呢，这个（男人）。”她用超语言的混沌意识在说我，而我，更逼近她的脸庞，用超语言的笑容向她示意：“我不是别人，是你爸爸，爱你，也许比不上你妈妈那么周到，但不会比她少。”她用超经验的直觉将我的笑容解码，于是学起我来，忽然也笑了。这是父女间第一次相视而笑，像风吹水绽，自成涟漪，却不落言诠，不留痕迹。

为了女婴灵秀可爱，幼稚可哂，我们笑。受了我们笑容的启示、笑声的鼓舞，女婴也笑了。女婴一笑，我们以笑回答。女婴一哭，我们笑得更多。女婴刚会起立，我们用笑勉励。她又跌坐在地，我们用笑安抚。四个女婴马戏团一般相继翻筋斗来投我家，然后是带爬、带跌、带摇、带晃，扑进我们张迎的怀里——她们的童年是我们的“笑季”。

为了逗她们笑，我们做鬼脸。为了教她们牙牙学语，我们自己先儿语牙牙：“这是豆豆，那是饼饼，虫虫虫虫飞！”成人之间不屑也不敢的幼稚口吻、离奇动作，我们在孩子面前，特权似的，却可以完全解放，尽情表演。在孩子的真童年里，我们找到了自己的假童年，乡愁一般再过一次小时候，管它是真是假，是一半还是完全。

快乐的童年是双全的互惠：一方面孩子长大了，孺慕儿时的亲恩；一方面父母老了，眷念子女的儿时。因为父母与稚儿之间的亲情，最原始、最纯粹、最强烈，印象最久也最深沉，虽经万劫亦不可磨灭。坐在电视机前，看气象而念四女，心底浮现的常是她们孩时仰面伸手、依依求抱的憨态，只因那形象最萦我心。

最萦我心是第一个长夏，珊珊卧在白纱帐里，任我把摇篮摇来摇去，乌眸灼灼仍对我仰视，窗外一巷的蝉嘶；是幼珊从躺床洞孔倒爬了出来，在地上颤颤昂头像一只小胖兽，令众人大吃一惊，又哄然失笑；是带佩珊去看电影，她水亮的眼珠在暗中转动，闪着银幕的反光，神情那样紧张而专注，小手微汗在我的手里；是季珊小时候怕打雷和鞭炮，巨响一迸发就把哭声埋进婆婆的怀里，呜咽久之。

不知道她们的母亲，记忆中是怎样为每一个女孩的初貌取景造型。也许是太密太繁了，不一而足，甚至要远溯到成形以前，不是形象，而是触觉，是胎里的颠倒蜷伏，手撑脚踢。

当一切追溯到源头，混沌初开，女婴的生命起自父精巧遇到母卵，正是所有爱情故事的雏形。从父体出发长征的；万头攒动，是适者得岸的蝌蚪宝宝，只有幸运的一头被母岛接纳。于是母女同体的十月因缘奇妙地开始。母亲把女婴安顿在子宫，用胚胎喂她，羊水护她，用脐带的专线跟她神秘地通话，给她暧昧的超安全感，更赋她心跳、脉搏与血型，直到大蝌蚪变成了大头宝宝，大头朝下，抱臂交股，蜷成一团，准备向生之窄门拥挤顶撞，破母体而出，而且鼓动肺叶，用尚未吃奶的气力，嗓音惊天地而动鬼神，又像对母体告别，又像对母亲报到，洪亮的一声啼哭：“我来了！”

三

母亲的恩情早在孩子会呼吸以前就开始。所以中国人计算年龄，是从成孕数起。那原始的十个月，虽然眼睛都还未睁开，但已经样样向母亲索取，负欠太多。等到降世那天，同命必须分体，更要断然破胎、截然开骨，在剧烈加速的阵痛之中，挣扎着，夺门而出。生日蛋糕之甜、烛火之亮，是用母难之血来偿付的。但生产之大劫不过是母爱的开始，日后母亲的辛勤照顾，从抱到背，从扶到推，从拉拔到提掖，字典上凡是手字部的操劳，哪一样没有做过？《蓼莪》篇说：“哀哀父母，生我劬劳。”其实肌肤之亲、操劳之勤，母亲远多于父亲。所以《蓼莪》又说：“母兮鞠我。拊我畜我，长我育我。顾我复我，出入腹我。欲报之德，昊天罔极？”其中所言，多为母恩。“出入腹我”一句形容母不离子，最为传神，动物之中恐怕只有袋鼠家庭胜过人伦了。

从前是四个女儿常在身边，顾之复之，出入腹之。我存肌肤白皙，四女多得遗传，所以她们小时我戏呼之为“一窝小白鼠”。在丹佛时，长途旅行，一窝小白鼠全在我家车上，坐满后排。那情景，又像是所有的鸡蛋都放在同一只篮里。我手握驾驶盘，不免倍加小心，但是全家同游，美景共享，却也心满意足。在香港的十年，晚餐桌上热汤蒸腾，灯氛温馨，四只小白鼠加一只大白鼠加我这大老鼠围成一桌，一时六口齐张，美肴争入，妙语争出，叽叽喳喳喧成一片，鼠伦之乐莫过于此。

而现在，一窝小白鼠全散在四方，这样的盛宴久已不再。剩下二老，只能在清冷的晚餐后，向国外的气象报告去揣摩四地的冷暖。中国人把见面打招呼叫作寒暄。我们每晚在电视上真的向四个女儿“寒暄”，非但不是客套，而且寓有真情，因为中国人不惯和家人紧抱热吻，恩情流露，每在淡淡的问暖嘘寒，叮嘱添衣。

往往在气象报告之后，做母亲的一通长途电话，越洋跨洲，就直接拨到暴风雪的那一端，去“寒暄”一番，并且报告高雄家里的现况，例如父亲刚去墨西哥开会，或是下星期要去川大演讲，她也要同行。有时她一夜电话，打遍了西欧北美，耳听四国，把我们这“日不落家”的最新动态收集汇整。

看着做母亲的曳着电线，握着听筒，跟九千里外的女儿短话长说，那全神贯注的姿态，我顿然领悟，这还是母女连心、一线密语的习惯。不过以前是用脐带向体内腹语，而现在，是用电缆向海外传音。

而除了脐带情结之外，更不断写信，并附寄照片或剪稿，有时还寄包裹，把书籍、衣饰、药品、隐形眼镜等，像后勤支援前线一般，源源不绝向海外供应。类此的补给从未中止，如同最初，母体用胎盘向新生命输送营养和氧气：绵绵的母爱，源源的母爱，唉，永不告竭。

所谓恩情，是爱加上辛苦再乘以时间，所以是有增无减，且因累积而变得深厚。所以《诗经》叹曰：“欲报之德，昊天罔极？”

这一切的一切，从珊珊的第一声啼哭以前就开始了。若要彻底，就得追溯到四十五年前，当四个女婴的母亲初遇父亲，神话的封面刚刚揭开，罗曼史正当扉页。到女婴来时，便是美丽的插图了。第一图是父之囊。第二图是母之宫。第三图是育婴床，在内江街的妇产医院。第四图是摇婴篮，把四个女婴依次摇啊摇，没有摇到外婆桥，却摇成了少女，在厦门街深巷的一栋古屋。以后的插图就不用我多讲了。

这一幅插图，看哪，爸爸老了，还对着海峡之夜在灯下写诗。妈妈早入睡了，微闻鼾声。她也许正梦见从前，有一窝小白鼠跟她捉迷藏，躲到后来就走散了，而她太累，一时也追不回来。

1997 年 4 月

借钱的境界

一提起借钱，没有几个人不胆战心惊的。有限的几张钞票，好端端地隐居在自己口袋里，忽然一只手伸过来把它带走，真叫人一点安全感都没有。借钱的威胁不下于核子战争：后者毕竟不常发生，而且同难者众，前者的命中率却是百分之百，天下之大，那只手却是朝你一个人伸过来的。

借钱，实在是一件紧张的事，富于戏剧性。借钱是一种神经战，紧张的程度，可比求婚，因为两者都是秘密进行，而面临的答复，至少有一半可能是“不肯”。不同的是，成功的求婚人留下，永远留下，失败的求婚人离去，永远离去；可是借钱的人，无论成功或失败，永远有去无回，除非他再来借钱。

除非有奇迹发生，借出去的钱，是不会自动回来的。所谓“借”，实在只是一种雅称。“借”的理论，完全建筑在“还”的假设上。有了这个大胆假设，借钱的人才能名正言顺、理直气壮，贷钱的人才能心安理得，至少也不至于毫无希望。也许当初，借的人确有还的诚意，至少有一种决心要还的幻觉。等到借来的钱用光了，事过境迁，第二种幻觉便渐渐形成。他会觉得，那一笔钱本来是“无中生有”变出来的，现在要他“重归于无”变回去，未免有点不甘心。“谁叫他比我有钱呢？”朦朦胧胧之中，升起了这个念头。“天之道，损有余而补不足。人之道则不然，损不足以奉有余。”当初就是因为不足，才需要向人借钱，现在要还钱给人，岂非损不足以奉有余，简直有背天道了。日子一久，还钱的念头渐渐由淡趋无。

久借不还，“借”就变了质，成为——成为什么呢？“偷”吗？明明是当面发生的事情，不能叫偷。“抢”吗？也不能算抢，因为对方明明同意。借钱和这两件事最大的不同，就是后者往往施于陌生人，而前者往往行于亲朋之间。此外，偷和抢定义分明，只要出了手，罪行便告成立。久借不还——也许就叫“赖”吧？——对“受害人”的影响虽然相似，其“罪”本身却是渐渐形成的。只要借者心存还钱之念，那么，就算事过三年五载，“赖”的行为仍不能成立。“不是不还，而是还没有还。”这中间的道理，真是微妙极了。

借钱，实在是介于艺术和战术之间的事情。其实呢，贷方比借方更处于不利之境。借钱之难，难在启齿。等到开了口，不，开了价，那块“热山芋”就抛给对方了。借钱需要勇气，不借，恐怕需要更大的勇气吧。这时，“受害人”的贷方，惶恐觳觫，嗫嚅沉吟，一副搜索枯肠、借词推托的样子。技巧就在这里了。资深的借钱人反而神色泰然，眈眈注视对方，大有法官逼供犯人之概。在这种情势下，无论那“犯人”提出什么理由，都显得像在说谎。招架乏力，没有几个人不终于乖乖拿出钱来的。所谓“终于”，其实过程很短，“不到一盏茶工夫”，客人早已得手。“月底一定奉还”，到了门口，客人再三保证。“不忙不忙，慢慢来。”主人再三安慰，大有孟尝君的气派。

当然是慢慢来，也许就不再来了。问题是，孟尝君的太太未必都像孟尝君那么大度。而那笔钱，不大不小，本来也许足够把自己久想购买却迟疑不忍下手的一样东西买回家来，现在竟入了他人囊中，好不恼人。月底早过去了。等那客人来还吗？不可能。催他来还吗？那怎么可以！借钱不还，最多引起众人畏惧，说不定还能赢人同情。至于向人索债，那简直是卑鄙，守财奴的作风，将不见容于江湖。何况索债往往失败；失财于前，失友于后，花钱去买绝交，还有更愚蠢的事吗？

既然是这样，借钱出去，就不该等人来还。所谓“借钱”给人，事实上等于“送钱”给人，区别在于：“借钱”给人，并不能赢得慷慨的美名，更不能赢得借者的感激，因为“借”是期待“还”的，动机本来就不算高贵。参透了这点道理，真正聪明的人，应该干脆送钱，而绝不借钱给人。钱，横竖是丢定了，何不磊磊落落，大大方方，丢得有声有色，“某某真够朋友”，听起来岂不过瘾。

当然，借钱的一方也不是毫无波折的。面露寒酸之色，口吐嗫嚅之言，所索又不过升斗之需，这是“低姿势”的借法，在战术上早落了下风。在借贷的世界里，似乎有一个公式，那就是，开价愈低，借成功的机会愈小。照理区区之数，应该很容易借到，何至碰壁。问题在于，开价既低，来客的境遇穷蹇可知，身份也必然卑微。“兔子小开口”，充其量不过要一根胡萝卜吧。谁耐烦去敷衍一只兔子呢？

如果来者是一个资深的借钱人，他就懂得先要大开其口。“已经在别处筹了七八万，能不能再调两万五千，让我周转一下？”狮子搏兔，喧宾夺主，一时形势互易，主人忽然变成了一只小兔子。小兔子就算捐躯成仁，恐怕也难塞大狮的牙缝。这样一来，自卑感就从客人转移到主人，借钱的人趾高气扬，出钱的人反而无地自容了。“真对不起，近来我也——（也怎么样呢？‘捉襟见肘’吗？还是‘三餐不继’呢？又不是你在借钱，何苦这么自贬？）——我也——先拿三千去，怎么样？”一面舌结唇颤，等待狮子宣判。“好吧。就先给我——五千好了。”两万五千减成一个零头，显得既豪爽又体贴，感激的反而是主人。潜意识里面，好像是客人免了他两万，而不是他拿给客人五千。这是“中姿势”的借法。

至于“高姿势”，那里面的学问就太大了，简直有一点天人之际的意味。善借者不是向私人，而是向国家借。借的借口不再是一根胡萝卜，而是好几根烟囱。借的对象不再是一个人，而是千百万人。债主的人数等于人口的总数，反而不像欠任何人的钱了。至于怎么个还法，甚至要不要还，岂是胡萝卜的境界所能了解的。

此之谓“大借若还”。

1972 年 3 月

幽默的境界

据说秦始皇有一次想把他的苑囿扩大，大得东到函谷关，西到今天的凤翔和宝鸡。宫中的弄臣优旃说："妙极了！多放些动物在里面吧。要是敌人从东边打过来，只要叫麋鹿用角去抵抗，就够了。"秦始皇听了，就把这计划搁了下来。

这么看来，幽默实在是荒谬的解药。委婉的幽默，往往顺着荒谬的逻辑夸张下去，使人领悟荒谬的后果。优旃是这样，淳于髡、优孟是这样，包可华也是这样。西方有一句谚语，大意是说：解释是幽默的致命伤，正如幽默是浪漫的致命伤。虚张声势、故作姿态的浪漫，也是荒谬的一种。凡事过分不合情理，或是过分违背自然，都构成荒谬。荒谬的解药有二：第一是坦白指摘，第二是委婉讽喻，幽默属于后者。什么时候该用前者，什么时候该用后者，要看施者的心情和受者的悟性。心情好，婉说；心情坏，直说。对聪明人，婉说；对笨人只有直说。用幽默感来评人的等级，有三等。第一等有幽默的天赋，能在荒谬里觑见幽默。第二等虽不能创造幽默，却多少能领略别人的幽默。第三等连领略也无能力。第一等是先知先觉，第二等是后知后觉，第三等是不知不觉。如果幽默感是磁性，第一等便是吸铁石，第二等是铁，第三等便是一块木头了。这么看来，秦始皇还勉强可以归入第二等，至少他领略了优旃的幽默感。

第三等人虽然没有幽默感，对于幽默仍然很有贡献，因为他们虽然不能创造幽默，却能创造荒谬。这世界，如果没有妄人的荒谬表演，智者的幽默岂不失去依据？晋惠帝的一句“何不食肉糜”，惹中国人嗤笑了一千多年。晋惠帝的荒谬引发了我们的幽默感：妄人往往在不自知的情况下，牺牲自己，成全别人，成全别人的幽默。

虚妄往往是一种膨胀作用，相当于螳臂当车、蛇欲吞象。幽默则是一种反膨胀（deflationary）作用，好像一帖泻药，把一个胖子泻成一个瘦子那样。可是幽默并不等于尖刻，因为幽默针对的不是荒谬的人，而是荒谬本身。高度的幽默往往源自高度的严肃，不能和杀气、怨气混为一谈。不少人误认尖酸刻薄为幽默，事实上，刀光血影中只有恨，并无幽默。幽默是一个心热手冷的开刀医生，他要杀的是病，不是病人。

把英文“humour”译成“幽默”，是神来之笔。幽默而太露骨、太嚣张，就失去了“幽”和“默”。高度的幽默是一种讲究含蓄的艺术，暗示性愈强，艺术性也就愈高。不过暗示性强了，对于听者或读者的悟性，要求也自然增高。幽默也是一种天才，说幽默的人灵光一闪，绣口一开，听幽默的人反应也要敏捷，才能接个正着。这种场合，听者的悟性接近禅的“顿悟”；高度的幽默里面，应该隐隐含有禅机一类的东西。如果说者语妙天下，听者一脸茫然，竟要说者加以解释或者再说一遍，岂不是天下最扫兴的事情？所以说，“解释是幽默的致命伤”。世界上有两种话必须一听就懂，因为它们不堪重复：第一是幽默的话，第二是恭维的话。最理想也是最过瘾的配合，是前述“幽默境界”的第二等人围听第一等人的幽默：说的人说得精彩，听的人也听得尽兴，双方都很满足。其他的配合，效果就大不相同。换了第一等人面对第三等人，一定形成冷场，且令说者懊悔自己“枉抛珍珠付群猪”。不然便是第二等人面对第一等人而竟想语娱四座，结果因为自己的“幽默境界”欠高，只赢得几张生硬的笑容。要是说者和听者都是第一等人呢？“顿悟”当然不成问题，只是语锋相对，机心竞起，很容易导致“幽默比赛”的紧张局面。万一自己舌翻谐趣，刚刚赢来一阵非常过瘾的笑声，忽然邻座的一语境界更高，利用你刚才效果的余势，飞腾直上，竟获得更加热烈的反应和更为由衷的赞叹，则留给你的，岂不是一种“第二名”的苦涩之感？

幽默，可以说是一个敏锐的心灵，在精神饱满生趣洋溢时的自然流露。这种境界好像行云流水，不能作假，也不能苦心经营，事先筹备。世界上有的是荒谬的事、虚妄的人；诙谐天成的心灵，自然左右逢源，取用不尽。幽默最忌的便是公式化，譬如说到丈夫便怕太太，说到教授便缺乏常识，提起官吏，就一定要刮地皮。公式化的幽默很容易流入低级趣味，就像公式化的小说中那些人物一样，全是欠缺想象力和观察力的产品。我有一个远房的姨丈，远房的姨丈有几则公式化的笑话，那几则笑话有一个忠实的听众——他的太太。丈夫几十年来翻来覆去说的，总是那几则笑话，包括李鸿章吐痰、韩复榘训话等，可是太太每次听了，都像初听时那样好笑，令丈夫的发表欲得到充分的满足。夫妻两人显然都很健忘，也很快乐。

一个真正幽默的心灵，必定是富足、宽厚、开放，而且圆通的。反过来说，一个真正幽默的心灵，绝对不会固执成见，一味钻牛角尖，或是强词夺理，厉色疾言。幽默，恒在俯仰指顾之间，从从容容，潇潇洒洒，浑不自觉地完成；在一切艺术之中。幽默是距离宣传最远的一种。“舍我其谁”的英雄气概，和幽默是绝缘的。宁曳尾于涂中，不留骨于堂上；非梧桐之不止，岂腐鼠之必争？庄子的幽默是最清远、最高洁的一种境界，和一般弄臣笑匠不能并提。真正幽默的心灵，绝不拘定一个角度去看人或看自己，他不但会幽默人，也会幽默自己，不但嘲笑人，也会释然自嘲，泰然自贬，甚至会在人我不分、物我交融的忘我境界中，像钱默存所说的那样，欣然独笑。真具幽默感的高士，往往能损己娱人，参加别人来反躬自笑。创造幽默的人，竟能自备荒谬，岂不可爱？吴炳钟先生的语锋曾经伤人无算。有一次他对我表示，身后当嘱家人在自己的骨灰坛上刻“原谅我的骨灰（Excuse my dust）”一行小字，抱去所有朋友的面前谢罪。这是吴先生二十年前的狂想，不知道他现在还要不要那样做。这种狂想，虽然有资格列入《世说新语》的任诞篇，可是在幽默的境界上，比起那些扬言愿捐骨灰做肥料的利他主义信徒来，毕竟要高一些吧。

其他的东西往往有竞争性，至少幽默是“水流心不竞”的。幽默而要竞争，岂不令人啼笑皆非？幽默不是一门三学分的学问，不能力学，只可自通，所以“幽默专家”或“幽默博士”是荒谬的。幽默不堪公式化，更不堪职业化，所以笑匠是悲哀的。一心一意要逗人发笑，别人的娱乐成了自己的责任，那有多么紧张？自生自发无为而为的一点谐趣，竟像一座发电厂那样日夜供电，天机沦为人工，有多乏味？就算姿势升高，幽默而为大师，也未免太不够幽默了吧。文坛常有论争，唯“谐坛”不可论争。如果有一个“幽默协会”，如果会员为了竞选“幽默理事”而打起架来，那将是世界上最大的荒唐，不，最大的幽默。

1972 年 6 月

第二辑

温柔半两，心香一瓣

猛虎与蔷薇

英国当代诗人西格夫里·萨松（Siegfried Sassoon，1886—1967）曾写过一行不朽的警句：“In me the tiger sniffs the rose.”勉强把它译成中文，便是：“我心里有猛虎在细嗅蔷薇。”

如果一行诗句可以代表一种诗派（有一本英国文学史曾举柯勒律治《忽必烈汗》中的三行诗句：“好一处蛮荒的所在！如此的圣洁、鬼怪，像在那残月之下，有一个女人在哭她幽冥的欢爱！”为浪漫诗派的代表），我就愿举这行诗为象征诗派艺术的代表。每次念及，我不禁想起法国现代画家亨利·卢梭（Henri Rousseau，1844—1910）的杰作《沉睡的吉卜赛人》。假使卢梭当日所画的不是雄狮逼视着梦中的浪子，而是猛虎在细嗅含苞的蔷薇，我相信，这幅画同样会成为杰作。惜乎卢梭逝世，而萨松尚未成名。

我说这行诗是象征诗派的代表，因为它具体而又微妙地表现出许多哲学家所无法说清的话；它表现出人性里两种相对的本质，但同时更表现出那两种相对的本质的调和。假使他把原诗写成了“我心里有猛虎雄踞在花旁”，那就会显得呆笨、死板，徒然加强了人性的内在矛盾。只有原诗才算恰到好处，因为猛虎象征人性的一方面，蔷薇象征人性的另一面，而“细嗅”刚刚象征着两者的关系，两者的调和与统一。

原来人性含有两面：其一是男性的，其一是女性的；其一如苍鹰，如飞瀑，如怒马，其一如夜莺，如静池，如驯羊。所谓雄伟和秀美，所谓外向和内向，所谓戏剧型的和图画型的，所谓戴奥尼苏斯（Dionysus，狄俄尼索斯）艺术和阿波罗艺术，所谓“金刚怒目，菩萨低眉”，所谓“静如处女，动如脱兔”，所谓“骏马秋风冀北，杏花春雨江南”，所谓“杨柳岸，晓风残月”和“大江东去”，一句话，姚姬传所谓的阳刚和阴柔，都无非这两种气质的注脚。两者粗看若相反，实则乃相成。实际上每个人多多少少都兼有这两种气质，只是比例不同而已。

东坡有幕士，尝谓柳永词只合十七八女郎，执红牙板，歌“杨柳岸，晓风残月”；东坡词须关西大汉，铜琵琶，铁绰板，唱“大江东去”。东坡为之“绝倒”。他显然因此种阳刚和阴柔之分而感到自豪。其实东坡之词何尝都是“大江东去”？“笑渐不闻声渐悄，多情却被无情恼”，“绣帘开，一点明月窥人”，这些词句，恐怕也只合十七八女郎曼声低唱吧？而柳永的词句“长安古道马迟迟，高柳乱蝉嘶”，以及“渡万壑千岩，越溪深处。怒涛渐息，樵风乍起，更闻商旅相呼，片帆高举”，又是何等境界！就是晓风残月的上半阕那一句“暮霭沉沉楚天阔”，谁能说它竟是阴柔？他如王维以清淡胜，却写过“一身转战三千里，一剑曾当百万师”的诗句；辛弃疾以沉雄胜，却写过“罗帐灯昏，哽咽梦中语”的词句。再如浪漫诗人济慈和雪莱，无疑地都是阴柔的了，可是清啭的夜莺也曾唱过：“或是像精壮的科德慈，怒着鹰眼，凝视在太平洋上。”就是在那阴柔到了极点的《夜莺曲》里，也还有这样的句子：“同样的歌声时常——迷住了神怪的长窗——那荒僻妖土的长窗——俯临在惊险的海上。”至于那只云雀，他那《西风歌》里所蕴藏的力量，简直是排山倒海，雷霆万钧！还有那一首十四行诗《阿西曼地亚斯》（*Ozymandias*），除了表现艺术不朽的思想不说，只其气象之伟大，魄力之雄浑，已可匹敌太白的“西风残照，汉家陵阙”。

也就是因为人性里面，多多少少地含有这相对的两种气质，许多人才能够欣赏和自己气质不尽相同，甚至大不相同的人。例如在英国，华兹华斯欣赏弥尔顿，拜伦欣赏蒲柏，夏洛蒂·勃朗特欣赏萨克雷，司各特欣赏简·奥斯丁，史云朋欣赏兰道，兰道欣赏白朗宁。在我国，辛弃疾欣赏李清照也是一个最好的例子。

但是平时为什么我们提起一个人，就觉得他是阳刚，而提起另一个人，又觉得他是阴柔呢？这是因为各人心里的猛虎和蔷薇所成的形势不同。有人的心原是虎穴，穴口的几朵蔷薇免不了猛虎的践踏；有人的心原是花园，园中的猛虎不免给那一片香潮醉倒。所以前者气质近于阳刚，而后者气质近于阴柔。然而踏碎了的蔷薇犹能盛开，醉倒了的猛虎有时醒来。所以霸王有时悲歌，弱女有时杀贼；梅村、子山晚作悲凉，萨松在第一次世界大战后出版了低调的《心旅》（*The Heart's Journey*）。

“我心里有猛虎在细嗅蔷薇。”人生原是战场，有猛虎才能在逆流里立定脚跟，在逆风里把握方向，做暴风雨中的海燕，做不改颜色的孤星。有猛虎，才能创造慷慨悲歌的英雄事业；含蕴耿介拔俗的志士胸怀，才能做到孟郊所谓的“镜破不改光，兰死不改香”。同时人生又是幽谷，有蔷薇才能烛隐显幽，体贴入微；有蔷薇才能看到苍蝇控脚，蜘蛛吐丝，才能听到暮色潜动，春草萌芽，才能做到“一沙一世界，一花一天国”。在人性的国度里，一只真正的猛虎应该能充分地欣赏蔷薇，而一朵真正的蔷薇也应该能充分地尊敬猛虎；微蔷薇，猛虎变成了菲力斯旦（Philistine）；微猛虎，蔷薇变成了懦夫。韩黎诗：“受尽了命运那巨棒的痛打，我的头在流血；但不曾垂下！”华兹华斯诗：“最微小的花朵对于我，能激起非泪水所能表现的深思。”完整的人生应该兼有这两种至高的境界。一个人到了这种境界，他能动也能静，能屈也能伸，能微笑也能痛哭，能像20世纪人一样复杂，也能像亚当夏娃一样纯真，一句话，他心里已有猛虎在细嗅蔷薇。

1952年10月24日夜

独木桥与双行道

如果有这么一个家庭：父亲听不惯儿子的摇滚乐，认为简直是野蛮的噪音，儿子呢，也讨厌父亲的京戏，觉得那些事情十分遥远，社会学家就会搬出一个新名词来，说父子之间有了“代沟”。

英文“generation gap”，应该如何中译，看法颇不一致。一般的译法是“代沟”，令人想起难越的鸿沟，不免有点触目惊心。也有人认为不应强调这种裂痕，而把它译成较为温和的“代差”。还是“代沟”比较普及，而且形象化。

西方的传统，以三十年为一代。现代社会的变化加速，似乎等不到二十年，就已有换代的感觉了。西方之变的脉搏，在美国跳得最快。我前后三度去美国，觉得美国的青年一直在变：第一次去，是在50年代末期，美国的大学生似乎尚在接受“美式生活”，校园相当平静。第二次去，是60年代中期，已经大有转变：正是民权运动的高潮，我班上有好几位学生开车去南方参加游行。第三次去，是在60年代末期到70年代初期，美国的大学生还在反越战，而摇滚乐，迷幻药，反污染，耶稣热，神秘主义，地下文学，反种族歧视，总而言之，对“美式生活”的反抗，也就是所谓“青年人的文化”，已经形成了一个最新的传统。

60年代的后半期，年轻的一代在世界各地曾有大规模的骚动。几乎是在同时，红卫兵扫过了中国大陆，大学生和退学的嬉皮震撼了美国的校园，法国、英国、希腊、土耳其等地的学生也都有激烈的集体行动。这些现象，尽管是不同的政治背景和社会环境所促成，其为对上一代领导人的抗议，则是一致的。

在亚洲地区，日本、韩国、泰国等地的大学生常有不满现状的表现。台湾地区的情形可谓幸运得多。在台湾，社会上大致可称繁荣而安定，二十多年来，年轻的一代尚少不安的现象。两代之间相异的程度，最多可称“代差”，还不致成为“代沟”。每年暑假期间，台湾的大专及高中生，在救国团的安排之下，上山越海，参加各式各样的文艺康乐活动，往往多达五六十万人，可谓相当健康的抒发。但是暑假过后，学生回到校里，由于功课太重，而某些学校管教又失之过严，设备又失之过简等，如果家庭又不够理想，则不满之情当然也是有的。

我认为在亚洲某些地区，所谓“代差”的形成，与两代之间接受西化的程度有关。以音乐为例，中年一代的东方人接受西方的古典音乐，都已视为当然，但对于年轻一代欣然接受的摇滚乐，则往往格格不入，甚且讥嘲。古典音乐也许真比摇滚乐“高雅”些，但是在本质上，两者都是从西方来的，听古典音乐并不比听摇滚乐更为“爱国”，就像穿牛仔裤也不比穿正式西装更“崇洋”一样。

台湾青年接受西方文化，可分几个层次。下层者该是接受服装与发式等表面的东西。再上一层大概是听民谣与摇滚乐。最上层的，是吸收文学、艺术、戏剧、哲学等。所谓“代差”，倒不一定是一代比一代西化。以新诗为例，“五四”的新诗人恨不得抛掉文言，台湾的现代诗人却主张酌予采用；在台湾，上一代的作家曾热衷于西方的现代主义，但下一代的作家反而鼓吹民族性与乡土感。显然，前述的西化三层次都有“代差”的现象，而层次愈低，“代差”的程度愈高。

自从“五四”新文化运动以来，有三样东西一直在敲中国的大门：赛先生、德先生、缪斯小姐。赛先生是最受欢迎的。中国文化在科学方面最弱，因此对于外来的赛先生，一点抵抗力量也没有。在美国，年轻的一代为了自然环境而反对科学，至少是反对科学带来的工业文明。但是在开发中的地区如台湾，正欢迎科学之不暇，还没有这种现象。对于民主，中国人的态度仍颇不一致，即使表面上欢迎它的人，也有不少在心里加以怀疑，甚至抗拒。德先生在中国仍是一位名多于实的“嘉宾”。至于文艺，中国自有深长的传统，缪斯小姐赢得了年轻一代的爱好，但似乎很难取得上一代的信任。台湾的现代作家要“娶”这位小姐，似乎还有相当困难。三者相比，赛先生人缘最好，并无“代差”问题，德先生人缘较差，缪斯小姐带来的“代沟”最深。

新事物的兴起，引起的代间反应，常有轨迹可寻。祖父一代反对的东西，父亲一代可能视为当然，但是到了儿子的一代又已成为陈迹。每一次的革命，无非是针对上一次的革命。不少所谓“革命家”，到了老年，心灵便关闭了起来，不再能接受新的观念，乃成了革命的对象。代间的关系，当然也不是一成不变的。父亲可能渐渐发现，儿子并不是那么幼稚，儿子也可能发现，父亲的看法不尽陈腐。为人子者，终有一天亦为人父。有时，儿子一代会欣赏祖父甚至曾祖父那一代的事物，而使之复兴。先知的影响，往往是隔代的。

“代差”因互相了解而缩短，因误解而加深。了解，是一条双行道。上一代居于领导的优势，掌握着发言权，下一代则每每苦于无发言的机会，这样的单行道最容易引起代差，久之便成为代沟了。如果上一代能跳出“作之师”的绝对主观，耐心听听下一代的意见，情形当可改善。

我对“代差”的看法是相当乐观的。“代差”往往成为推动社会的力量。如果下一代事事萧规曹随，跟着上一代走，这社会怎能进步？一个没有“代差”的社会，必然是死气沉沉，十分闭塞的社会。一个社会不能不变，但也不能变得太快。上一代要拉住它，下一代要推动它，推的力量比拉的力量大，进步便在其中。

1975 年 12 月

尺素寸心

接读朋友的来信，尤其是远自海外犹带着异国风云的航空信，确是人生一大快事，如果无须回信的话。回信，是读信之乐的一大代价。久不回信，屡不回信，接信之乐必然就相对减少，以至于无，这时，友情便暂告中断了，直到有一天在赎罪的心情下，你毅然回起信来。蹉跎了这么久，接信之乐早变成欠信之苦，我便是这么一位累犯，交游千百，几乎每一位朋友都数得出我的前科来的。英国诗人奥登曾说，他常常搁下重要的信件不回，躲在家里看他的侦探小说。王尔德有一次对韩黎说："我认得不少人，满怀光明的远景来到伦敦，但是几个月后就整个崩溃了，因为他们有回信的习惯。"显然王尔德认为，要过好日子，就得戒除回信的恶习。可见怕回信的人，原不止我一个。

回信，固然可畏；不回信，也绝非什么乐事。书架上经常叠着百多封未回之信，“债龄”或长或短，长的甚至在一年以上，那样的压力，也绝非一个普通的罪徒所能负担的。一沓未回的信，就像一群不散的阴魂，在我罪深孽重的心底憧憧作祟。理论上说来，这些信当然是要回的。我可以坦然向天发誓，在我清醒的时刻，我绝未存心不回人信。问题出在技术上。给我一整个夏夜的空闲，我该先回一年半前的那封信呢，还是七个月前的这封？隔了这么久，恐怕连谢罪自谴的有效期也早过了吧？在朋友的心目中，你早已沦为不值得计较的妄人。“莫名其妙！”是你在江湖上一致的评语。

其实，即使终于鼓起全部的道德勇气，坐在桌前，准备偿付信债于万一，也不是轻易能如愿的。七零八落的新简旧信，漫无规则地充塞在书架上、抽屉里，有的回过，有的未回，“只在此山中，云深不知处”，要找到你决心要回的那一封，耗费的时间和精力，往往数倍于回信本身。再想象朋友接信时的表情，不是喜出望外，而是余怒重炽，你那一点决心就整个崩溃了。你的债，永无清偿之日。不回信，绝不等于忘了朋友，正如世上绝无忘了债主的负债人。在你惶恐的深处、恶魔的尽头，隐隐约约，永远潜伏着这位朋友的怒眉和冷眼，不，你永远忘不了他。你真正忘掉的，而且忘得那么心安理得，是那些已经得你回信的朋友。

有一次我对诗人周梦蝶大发议论，说什么“朋友寄新著，必须立刻奉覆，道谢与庆贺之余，可以一句‘定当细细拜读’作结。

如果拖上了一个星期或个把月，这封贺信就难写了，因为到那时候，你已经有义务把全书读完，书既读完，就不能只说些泛泛的美词”。梦蝶听了，为之绝倒。可惜这个理论，我从未付诸行动，一定丧失了不少友情。倒是有一次自己的新书出版，兴冲冲地寄赠了一些朋友。其中一位过了两个月才来信致谢，并说他的太太、女儿和太太的几位同事争读那本大作，直到现在还不曾轮到他自己，足见该书的魅力如何云云。这一番话是真是假，令我存疑至今。如果他是说谎，那真是一大天才。

据说胡适生前，不但有求必应，连中学生求教的信也亲自答复，还要记他有名的日记，从不间断。写信，是对人周到；记日记，是对自己周到。一代大师，在著书立说之余，待人待己，竟能那么周密从容，实在令人钦佩。至于我自己，笔札一道已经招架无力，日记，就更是奢侈品了。相信前辈作家和学人之间，书翰往还，那种优游条畅的风范，应是我这一辈难以追摹的。梁实秋先生名满天下，尺牍相接，因缘自广，但是廿多年来，写信给他，没有一次不是很快就接到回信，而笔下总是那么诙谐，书法又是那么清雅，比起当面的谈笑风生，又别有一番境界。我素来怕写信，和梁先生通信也不算频。何况《雅舍小品》的作者声明过，有十一种信件不在他收藏之列，我的信，大概属于他所列的第八种吧。据我所知，和他通信最密的，该推陈之藩。陈之藩年轻时，和胡适、沈从文等现代作家书信往还，名家手迹收藏甚富，梁先生戏称他为 man of letters，到了今天，该轮到他自己的书信被人收藏了吧。

朋友之间，以信取人，大约可以分成四派。第一派写信如拍电报，寥寥数行，草草三二十字，很有一种笔挟风雷之势。只是苦了收信人，惊疑端详所费的工夫，比起写信人纸上驰骋的时间，恐怕还要多出数倍。彭歌、刘绍铭、白先勇，可称代表。第二派写信如美女绣花，笔触纤细，字迹秀雅，极尽从容不迫之能事，至于内容，则除实用的功能之外，更兼抒情，娓娓说来，动人清听。宋淇、夏志清可称典型。尤其是夏志清，怎么大学者专描小小楷，而且永远用廉便的国际邮简？第三派则介于两者之间，行乎中庸之道，不温不火，舒疾有致，而且字大墨饱，面目十分爽朗。颜元叔、王文兴、何怀硕、杨牧、罗门，都是“样板人物”。尤其是何怀硕，总是议论纵横，而杨牧则字稀行阔，偏又爱用重磅的信纸，那种不计邮费的气魄，真足以笑傲江湖。第四派毛笔作书，满纸烟云，体在行草之间，可谓反潮流之名士，罗青属之。当然，气魄最大的应推刘国松、高信疆，他们根本不写信，只打越洋电话。

1976 年 5 月

一笑人间万事

王尔德的喜剧《不可儿戏》6月底在香港大会堂一连演了十四场，场场满座，观众无不“绝倒”。我身为此剧的中文译者，除了对杨世彭的导演艺术衷心佩服之外，更触发下面的一些感想。

鲁迅说得好：悲剧是把有价值的东西毁灭给人看，喜剧则是把无价值的东西毁灭给人看。什么是无价值的东西呢？在王尔德的喜剧里，那就是人性的基本弱点，例如虚伪、虚荣、矛盾、自私等，而不是特定的阶级、政党、行业或性别。讽刺人性的喜剧似乎不如讽刺某时某地社会现象的喜剧来得写实，可是在某时某地之外，往往更为普及而耐久。王尔德那种无中生有的妙语，无所不刺的笑话，在九十年后的地球背面，仍能凭空叫中国的观众放松了面肌，运动了横膈膜，而尽一夕之欢。

惹笑未必是喜剧的最终目的，但是一出不惹人笑或是笑不尽兴的喜剧却是一大失败。那样尴尬的场面真叫观众无趣，演员无兴，导演面上无光。笑，未必是对艺术最深刻的反应，但这种反应最为自然，最作不得假。要把几百个颇有见识的观众逗得失声发笑，哄堂大笑，而又笑声不断，绝非易事。台上妙语如珠，台下笑声成潮，这时你会觉得：这出戏是台下和台上合作演成的。喜剧惹笑，等于提前鼓掌，最令演员增加信心，提高士气。在这种气氛中加入笑阵的台下人，更感到人同此心、与众共欢的快意。

麦尔维尔在《白鲸记》里说："面对一切荒谬，最聪明、最方便的答复，便是大笑。"孟肯在《偏见集》里也说："一声豪笑抵得过一万句推理。豪笑一声，不但更有效果，也更有智慧。"

王尔德的喜剧无中生有地创出了许多荒谬而有趣的对话，表达了许多荒谬而有趣的念头，出乎观众意料，却入于艺术趣味，反常之中竟似合道。男人有意独身，通常予人克己禁欲之感。在《不可儿戏》里，劳小姐（一位老处女）却对蔡牧师说："我的好牧师，你似乎还不明白，一个男人要是打定主意独身到底，就等于变成了永远公开的诱惑。男人应该小心一点：使脆弱的异性迷路的，正是单身汉。"说到此地，台下的观众无不失笑。

剧中人物杰克与亚吉能是一对难兄难弟的好朋友。杰克受挫于亚吉能的姨妈，气得大骂她是母夜叉，结论是："她做了妖怪，又不留在神话里，实在太不公平……对不起，阿吉，也许我不该这么当面说你的姨妈。"亚吉能答道："老兄，我最爱听人家骂我的亲戚了。只有靠这样，我才能忍受他们。”台下观众又是哄堂大笑。

最荒谬的妙语则出于“妖怪”巴夫人之口。她盘问未来的女婿杰克：“你双亲都健在吧？”杰克说：“我已经失去了双亲。”巴夫人说：“失去了父亲或母亲，华先生，还可以说是不幸；双亲都失去了，就未免太大意了。”对此，观众报以最响的笑声。

台下的笑声，谁也不能控制，甚至不能逆料。有些地方导演和我都觉得好笑，台下却放过不笑。杰克对巴夫人控诉亚吉能招摇撞骗，巴夫人听完诉辞之后惊答：“做人不诚实！我的外甥亚吉能？绝对不可能！他是牛津毕业的。”最后一句当然可笑，却未激起台下的波纹。

妙语连珠而来，笑声迭浪而起，其间也有美中不足，令高明的导演与演员束手无策。在《不可儿戏》的第二幕，亚吉能看到西西丽在记日记，问她能不能让他看看内容，西西丽说：“哦，不可以。你知道，里面记录的不过是一个很年轻的女孩子私下的感想和印象，所以呢，是准备出版的。等到印成书的时候，希望你也邮购一本。”台下人听到“是准备出版的”时，因为逻辑逆转，悖乎常理，而且颠倒得十分有趣，不禁哄堂大笑。但是下一句也非常可笑，却在上一句引爆的笑声中给淹没了。演员又不能在台上僵住，等笑声退潮，再说下去。

《不可儿戏》在香港演出，纯用粤语。我真希望台湾有剧团能用普通话来演。中文译本在台湾出版两年了，竟未引起若何反应，令译者相当失望。

1985 年 7 月 14 日《联合报·联合副刊》

没有邻居的都市

一

六年前从香港回来，就一直定居在高雄，无论是醒着梦着，耳中隐隐，都是海峡的涛声。老朋友不免见怪：为什么我背弃了台北。我的回答是：并非我背弃了台北，而是台北背弃了我。

在南部这些年来，若无必要，我绝不轻易北上。有时情急，甚至断然说道："拒绝台北，是幸福的开端！"因为事无大小，台北总是坐庄，诸如开会、演讲、聚餐、展览等，要是台北一招手就仓皇北上，我在高雄的日子就过不下去了。

这么说来，我真像一个无情的人了，简直是忘恩负义。其实不然。我不去台北，少去台北，怕去台北，绝非因为我忘了台北，恰恰相反，是因为我忘不了台北——我的台北，从前的台北。那一坳繁华的盆地，那一盆少年的梦，壮年的回忆，盛着我初做丈夫，初做父亲，初做作家和讲师的情景，甚至更早，盛着我还是学生，还有母亲的岁月——当时灿烂，而今已成黑白片了的 50 年代，我的台北；无论我是坐“国光号”从西北，还是坐“自强号”从西南，或是坐华航从东北进城，那个台北是永远回不去了。

至于从 80 年代忽已跨进 90 年代的台北，无论从报上读到，从电视上看到，还是亲身在街头遇到的，大半都不能令人高兴；无论先知或骗子用什么“过渡”“多元”“开放”来诠释，也不能令人感到亲切。你走在忠孝东路上，整个亮丽而嚣张的世界就在你肘边推挤，但一切又似乎离你那么遥远，什么也抓不着，留不住。像传说中一觉醒来的猎人，下得山来，闯进了一个陌生的世界，你走在台北的街上。

所谓乡愁，如果是地理上的，只要一张机票或车票，带你到熟悉的门口，就可以解决了。如果是时间上的呢，那所有的路都是单行，所有的门都闭上了，没有一扇能让你回去。经过香港的十年，我成了一个时间的浪子，背着记忆沉重的行囊，回到台北的门口，却发现金钥匙丢了，我早已把自己反锁在门外。

惊疑和怅惘之中，即使我叫开了门，里面对立着的，也不过是一张陌生的脸，冷漠而不耐。

“那你为什么去高雄呢？”朋友问道，“高雄就认识你吗？”

"高雄原不识年轻的我，"我答道，"我也不认识从前的高雄。所以没有失落什么，一切可以从头来起。台北不同，背景太深了，自然有沧桑。台北盆地是我的回声谷，无穷的回声绕着我，祟着我，转成一个记忆的旋涡。"

二

那条厦门街的巷子当然还在那里。台北之变，大半是朝东北的方向，挖土机对城南的蹂躏，规模小得多了。如果台北盆地是一个大回声谷，则厦门街的巷子是一条曲折的小回声谷，响着我从前的步声。我的那条"家巷"，一一三巷，巷头连接厦门街，巷尾通到同安街，当然仍在那里。这条窄长的巷子，颇有文学的历史。50年代，《新生报》的宿舍就在巷腰，常见彭歌的踪影。有一度，潘垒也在巷尾卜居。《文学杂志》的时代，发行人刘守宜的寓所，亦即杂志的社址，就在巷尾斜对面的同安街另一小巷内。所以那一带的斜巷窄弄，也常闻夏济安、吴鲁芹的咳唾风生，夏济安因兴奋而赧赧的脸色，对照着吴鲁芹泰然的眸光。王文兴家的日式古屋掩映在老树荫里，就在同安街尾接水源路的堤下，因此脚程所及，也常在附近出没。那当然还是《家变》以前的淹远岁月。后来黄用家也迁去一一三巷，门牌只差我家几号，一阵风过，两家院子里的树叶都会前后吹动的。

赫拉克莱德司说过："后浪之来，滚滚不断。拔足更涉，已非前流。"时光流过那条长巷的回声峡谷，前述的几人也都散了。

只留下我这厦门人氏，长守在厦门街的僻巷，直到80年代的中叶，才把它，我的无根之根，非产之产，交给了晚来的洪范书店和尔雅出版社去看顾。

只要是我的“忠实读者”，没有不知道厦门街的。近乎半辈子在其中消磨，母亲在其中谢世，四个女儿和十七本书在其中诞生，那一带若非我的乡土，至少也算是我的市井、街坊、闾里和故居。若是我患了梦游症，警察当能在那一带将我寻获。

尽管如此，在我清醒的时刻，是不会去重游旧地的。尽管每个月必去台北，却没有勇气再踏进那条巷子，更不敢去凭吊那栋房子，因为巷子虽已拓宽、拉直，两旁却立刻停满了汽车，反而更显狭隘。曾经是扶桑花、九重葛掩映的矮墙头，连带扶疏的树影全不见了，代之矗起的是层层叠叠的公寓，和另一种枝柯的天线之网。清脆的木屐敲叩着满巷的宁谧，由远而近，由近而低沉。清脆的脚踏车铃在门外叮叮曳过，那是早晨的报贩，黄昏放学的学生，还有三轮车夹杂在其间。夜深时自有另外的声音来接班，凄清而幽怨的是按摩女或盲者的笛声，悠缓地路过，低抑中透出沉洪的，是呼唤晚睡人的“烧肉粽”。那烧肉粽，一掀开笼盖白气就腾入夜色，我虽然从未开门去买过，但是听在耳里，知道巷子里还有人在和我分担深夜，却减了我的寂寞。

但这些都消失了，拓宽而变窄的巷子，激荡着汽车、爆发着机车的噪音。巷里住进了更多的人，却失去了邻居，因为回家后人人都把自己关进了公寓，出门，又把自己关进了汽车。走在今日的巷子里，很难联想起我写的《月光曲》：

厦门街的小巷纤细而长
用这样干净的麦管吸月光
凉凉的月光，有点薄荷味的月光

而机器狼群的厉嗥，也淹盖了我的《木屐怀古组曲》：

踢踢踏
踏踏踢
给我一双小木屐
让我把童年敲敲醒
像用笨笨的小乐器
从巷头
到巷底
踢力踏拉
踏拉踢力

三

50年代的青年作者要投稿，“中央副刊”是兵家必争之地。我从香港来台，插班台大外文系三年级，立刻认真向“中副”投稿，每投必中。只有一次诗稿被退，我不服气，把原诗再投一次，竟获刊出。这在中国的投稿史上，不知有无先例。最早的时候，每首诗的稿酬是五元，已经够我带女友去看一场电影，吃一次馆子了。

诗稿每次投去，大约一周之后刊登。算算日子到了，一大清早只要听到前院啪嗒一声，那便是报纸从竹篱笆外飞了进来。我就推门而出，拾起大王椰树下的报纸，就着玫红的晨曦，轻轻、慢慢地抽出里面的副刊。最先瞥见的总是最后一行诗，只一行就够了，是自己的。那一刹那，世界多奇妙啊，朝霞是新的，报纸是新的，自己的新作也是簇簇新崭崭新。编者又一次肯定了我，世界，又一次向我瞩目，真够人飘飘然的了。

不久稿费通知单就来了，静静抵达门口的信箱。当然还有信件、杂志、赠书。世界来敲门，总是骑着脚踏车来的，刹车声后，更揿动痉挛的电铃。我要去找世界呢，也是先牵出轻俊而灵敏的赫赳力士（Hercules），左脚点镫，右脚翻腾而上，曳一串爽脆的铃声，便上街而去。脚程带劲而又顺风的话，下面的双轮踩得出哪吒的气势，中山北路女友的家，十八分钟就到了。

台大毕业的那个夏夜，我和萧堉胜并驰脚踏车直上圆山，躺在草地上怔怔地对着星空。学生时代终于告别了，而未来充满了变数，不知如何是好。那时候还没有流行什么“失落的一代”，我们却真是失落了。幸好人在社会，身不由己。大学生毕业后受训、服役，从我们那一届开始。我们是外文系出身，不必去凤山严格受训，便留在台北做起翻译官来。我先后在“国防部”的联络局与第三厅服役，竟然出入“总统府”达三年之久。直到1956年，夏济安因为事忙，不能续兼东吴的散文课，要我去代课。这是我初登大学讲坛的因缘。

住在50年代的台北，自觉红尘十丈，够繁华的了。其实人口压力不大，交通也还流畅，有些偏僻街道甚至有点田园的野趣。骑着脚踏车，在和平东路上向东放轮疾驶，跷起的拇指山蛮有性格地一直在望，因为前面没有高楼，而一过新生南路，便车少人稀，屋宇零落，开始荒了。双轮向北，从中山北路二段右转上了南京东路，并非今日宽坦的四线大道，啊不是，只是一条粗铺的水泥弯路，在水田青秧之间蜿蜒而隐。我上台大的那两年，双轮沿罗斯福路向南，右手尽是秧田接秧田，那么纯洁无辜的鲜绿，偏偏用童真的白鹭来反喻，怎不令人眼馋，若是久望，真要得“餍绿症”了。这种幸福的危机，目迷霓虹的新台北人是不用担心的。

大四那一年的冬天，一日黄昏，寒流来袭，吴炳钟老师召我去他家吃火锅。冒着削面的冰风骑车出门，我先去衡阳街兜了一圈。不过八点的光景，街上不但行人稀少，连汽车、脚踏车也交不到几辆，只有阴云压着低空，风声摇撼着树影。50年代的台北市，今日回顾起来，只像一个不很起眼儿的小省城，繁荣或壮丽都说不上，可是空间的感觉似乎很大，因为空旷，至少比起今日来，人稀车少，树密屋低。四十年后，台北长高了，显得天小了，也长大了，可是因为挤，反而显得缩了。台北，像裹在所有台北人身上的一件紧身衣。那紧，不但是对肉体，也是对精神的压力，不但是空间上，也是时间上的威胁。一根神经质的秒针，不留情面地追逐着所有的台北人。长长短短的截止日期，为你设下了大限小限，令你从梦里惊醒。只要一出门，天罗地网的招牌、噪音、废气、资讯资讯资讯，就把你鞭笞成一只无助的陀螺。

何时你才能面对自己呢？

那时的武昌街头，一位诗人可以靠在小书摊上，君临他独坐的王国，与磨镜自食的斯宾诺萨，以桶为家的戴阿吉尼司遥遥对笑。而牯岭街的矮树短墙下，每到夜里，总有一群梦游昔日的书迷，或老或少，或伛偻，或蹲踞，向年淹代远的一堆堆一沓沓残篇零简、孤本秘籍，各发其思古之幽情。

那时的台北，有一种人叫作“邻居”。在我厦门街巷居的左邻，有一家人姓程。每天清早，那父亲当庭漱口，声震四方。晚餐之后，全家人合唱圣歌，天伦之乐随安详的旋律飘过墙来。四十年后，这种人没有了。旧式的“厝边人”全绝迹了，换了一批戴面具的“公寓人”。这些人显然更聪明，更富有，更忙碌，爱拼才会赢，令人佩服，却难以令人喜欢。

台北已成没有邻居的都市。

使我常常回忆发迹以前的那座古城。它在电视和电脑的背后，传真机和移动电话的另一面。坐上三轮车我就能回去，如果我找得到一辆三轮车。

1992 年 1 月

重登鹳雀楼

王国维说李白的“‘西风残照，汉家陵阙’寥寥八字，遂关千古登临之口”。纯就气象着眼，此说或可成立，但登高临远之胜，不必专在气象，例如与李白同时的王之涣，在《登鹳雀楼》一诗中所含蕴的哲理，也是一种至境，不见得就逊于李白的气象。其实登临之口是关不了的，即使同一座鹳雀楼，在王之涣之后半个世纪，也还有李益和畅当来登览赋诗。沈括《梦溪笔谈》说：“河中府鹳雀楼三层，前瞻中条，下瞰大河。唐人留诗者甚多，唯李益、王之涣、畅当三篇能状其景。”沈括列举三人的次序颇不合理，因为就时代而言，李益和畅当都是大历进士，远在王之涣之后，就诗言诗，李、畅登临之作也不如王之涣，怎能把王置于李、畅之间呢？兹列三诗于后，以便比较：

登鹳雀楼　　王之涣

白日依山尽，黄河入海流。
欲穷千里目，更上一层楼。

登鹳雀楼　　畅当

迥临飞鸟上，高出世尘间。
天势围平野，河流入断山。

同崔邠登鹳雀楼　　李益

鹳雀楼西百尺樯，汀洲云树共茫茫。
汉家箫鼓空流水，魏国山河半夕阳。
事去千年犹恨速，愁来一日即为长。
风烟并起思归望，远目非春亦自伤。

畅诗和王诗一样，是五言律绝，后联颇有可观，但全诗止于写景，未免平面了一点。李诗只有颈联情理交融，颇饶奇趣，余皆平平，一结尤弱。王诗能从景物转入人生，从特定的现象提升到普遍的真理，呼应紧密，转折自然，已入化境，当然是三篇之冠。表面上看来，王诗前半写景，后半寓意，其实不尽如此。我认为这首诗的地理似乎有点问题。

小时候念这首诗，直觉上以为山屏于西而黄河向东奔流——

日落向西，水逝向东，空间感何其壮阔。现在细读了注解和诗话，不禁大为失望。根据《清一统志》所载：“山西蒲州府，鹳雀楼在府城西南城上。旧志：旧楼在郡城西南，黄河中高阜处，时有鹳雀栖其上，遂名。后为河流冲没，即城角楼为匾以存其迹。”蒲州府就是现在的永济县，在山西省的西南端，正当潼关之北约二十五公里。沈括说此楼“前瞻中条，下瞰大河”。我们试看地图，便知由东北向西南行的中条山一直伸到黄河岸边。从鹤雀楼上远眺，黄河滔滔，是向南流的，要到潼关附近，才折向东流；至于中条山，却在楼之东南方向。而西眺呢，黄河对岸，却是一望平原。畅当说“天势围平野”，正是指此，而“河流入断山”，则是指黄河南下复东折的地势了。李益的诗句“鹳雀楼西百尺樯，汀洲云树共茫茫”，也说明西望只见河上桅樯、洲上云树，不见畅当所谓的“断山”。如此说来，王之涣的“白日依山尽”并非实景，而“黄河入海流”却是南流，而非东流，和我小时驰骋的想象颇不相同。

当然，艺术的至境不必是写实。所谓“现实”，只是艺术的素材，往往需要大匠加工，妙手重造，才能成为完整无憾的艺术品。李贺所说“笔补造化天无功”，正是此意。偶尔不符史实或地理，对一首诗可谓无伤大雅。苏轼作品中的赤壁不是曹瞒的赤壁，济慈十四行中的科德斯不是当初发现太平洋的西班牙英雄，都无碍于作品的艺术价值。让考证家去大惊小怪吧，诗原不是地方志或编年史。诗人写景，往往是在造境，终而臻于写意。

既然如此，还不如回到我小时候的直觉世界，把这首诗读成一首造境写意的杰作。在格律上，这是一首“律绝”，也就是说，这四句诗无论在平仄、用韵、对仗上，都同于五言律诗中间的颔联与颈联。格律的对仗性当然也影响此诗在时空关系上和意象经营上的结构。

“白日依山尽，黄河入海流”，当然是空间意象——白日依山，尽于极西，黄河入海，流向极东，可谓极空间之壮阔，但读深一层，亦可视为时间意象——白日落山，言一日之终，黄河入海，喻千古之长；“尽”，是停止，“流”，是延伸。两者的对照，正是短暂对永恒。但其间的关系尚不止于此。白日虽已暂尽，旭日会当再生：表面上是暮色忽至，实际上却是轮回无穷。另一方面，黄河入海虽然万古不竭，但河里的水源源不断，每一波都是新的：表面上永远不变，实际上，却是刻刻在变。极东与极西，短暂与永恒，轮回与创新，一句话，宇宙的奥妙、人生的真谛，一刹那尽来诗人的眼底，震撼他惊喜而怅惘的心灵，这一切看似熟悉实则奇异的妙相幻境，这种种的难知与未知，一齐向他的无知招手。千里目所要追求的，原非地理上的一州半郡，而是精神上的解答。

“欲穷千里目，更上一层楼”，字面对仗而意义相续，也就是说，看似平行线，却是连贯线，即所谓流水对。“欲穷千里目”是动机，“更上一层楼”是相应采取的行动；前句是因，后句是果。但层楼更上之后，千里奇景尽收眼底，是则后句又是因而前句是果了。幸而此诗到“更上一层楼”便告结束。上去之后是否快哉骋目，一览千里，作者却不说。意料之中，应该是的。

但是鹳雀楼只有三层，上去之后真能游目千里吗？这还是小问题，大问题是白日已尽，暮色四起，这时候纵然登高，真的能够眺远吗？当然这是戏言，犹如毛西河对东坡吹毛求疵，说春江水暖，为何独鸭先知。我自己也写诗，断无执常识以诘诗人之理。这原是一首造境写意之诗，前面我已说过。

可是想深一层，我提出来的问题恐又不尽是开玩笑。白日与黄河两句的对照牵涉到短暂与永恒，轮回与创新，以及短中寓常，长中多变的错综哲理，岂易一目了然？等到攀上顶楼，早已暮色四起，千里苍茫了。真理之难知也如此。欲追白日，而白日已尽；欲追黄河，而黄河远逝；欲穷千里之目，而倏已黄昏。上得楼来，固然看得愈远，却看不了多久了。人生的阅历老而愈丰，只可惜暮色逼人而来。

我的诠释恐已偏于神秘与悲观。但王之涣的原意仍然具有盛唐人物的大度与达观。君不见，此诗只有第一句是封闭的，后面的三句却都是开放的，不但开放，而且延伸。此诗始于“白日依山尽”，那是向下的运动，但终于“更上一层楼”，却是向上的意志了。尽管逝者如斯，时不我与，人在宇宙间不懈的奋斗，仍然是诗与历史最可贵的主题。杜甫少壮的豪语：“会当凌绝顶，一览众山小。”王之涣倒过来说，把登临诗提升到哲学的高度，诚然是盛唐之音的杰作。

1979 年中秋于沙田

从母亲到外遇

“大陆是母亲，台湾是妻子，香港是情人，欧洲是外遇。”我对朋友这么说过。

大陆是母亲，不用多说。烧我成灰，我的汉魂唐魄仍然萦绕着那一片后土。那无穷无尽的故土，四海漂泊的龙族叫她作大陆，壮士登高叫她作九州，英雄落难叫她作江湖。不但是那片后土，还有那上面正走着的、那下面早歇下的，所有龙族。还有几千年下来还没有演完的历史，和用了几千年似乎要不够用了的文化。我离开她时才二十一岁呢，再还乡时已六十四岁了：“掉头一去是风吹黑发／回首再来已雪满白头。”长江断奶之痛，历四十三年。洪水成灾，却没有一滴溅到我唇上。这许多年来，我所以在诗中狂呼着、低吃着中国，无非是一念耿耿为自己喊魂。不然我真会魂飞魄散，被西潮淘空。

当你的女友已改名玛丽，你怎能送她一首《菩萨蛮》？

乡情落实于地理与人民，而弥漫于历史与文化，其中有实有虚，有形有神，必须兼容，才能立体。乡情是先天的，自然而然，不像民族主义会起政治的作用。把乡情等同于民族主义，更在地理、人民、历史、文化之外加上了政府，是一种“四舍五入”的含混观念。朝代来来去去，强加于人的政治不能持久。所以政治使人分裂而文化使人相亲：我们只听说有文化，却没听说过武化。要动用武力解放这个、统一那个，都不算文化。汤玛斯·曼[1]逃纳粹，在异国对记者说：“凡我在处，即为德国。”他说的德国当然是指德国的文化，而非纳粹政权。同样地，毕加索因为反对佛朗哥而拒返西班牙，也不是什么“背叛祖国”。

台湾是妻子，因为我在这岛上从男友变成丈夫再变成父亲，从青涩的讲师变成沧桑的老教授，从投稿的“新秀”变成写序的“前辈”，已经度过了大半个人生。几乎是半世纪前，我从厦门经香港来到台湾，下跳棋一般连跳了三岛，就以台北为家定居了下来。其间虽然也去了美国五年，香港十年，但此生住得最久的城市仍是台北，而次久的正是高雄。我的《双城记》不在巴黎、伦敦，而在台北、高雄。

我以台北为家，在城南的厦门街一条小巷子里，“像虫归草

[1] 现译为托马斯·曼。——编者注

间，鱼潜水底”，蛰居了二十多年，喜获了不仅四个女儿，还有二十三本书。及至晚年海外归来，在这高雄港上、西子湾头一住又是悠悠十三载。厦门街一一三巷是一条幽深而隐秘的窄巷，在其中度过有如壶底的岁月。西子湾恰恰相反，虽与高雄的市声隔了一整座寿山，却海阔天空，坦然朝西开放。高雄在货柜的吞吐量上号称全世界第三大港，我窗下的浩渺接得通七海的风涛。诗人晚年，有这么一道海峡可供题咏，竟比老杜的江峡还要阔了。

不幸失去了母亲，何幸又遇见了妻子。这情形也不完全是隐喻。在实际生活上，我的慈母生我育我，牵引我三十年才撒手，之后便由我的贤妻来接手了。没有这两位坚强的女性，怎会有今日的我？在隐喻的层次上，大陆与海岛更是如此。所以在感恩的心情下我写过《断奶》一诗，而以这么三句结束：

断奶的母亲依旧是母亲
断奶的孩子，我庆幸
断了嫘祖，还有妈祖

海峡虽然壮丽，却像一柄无情的蓝刀，把我的生命剖成两半，无论我写了多少怀乡的诗，也难将伤口缝合。母亲与妻子不断争辩，夹在中间的亦子亦夫最感到伤心。我究竟要做人子呢还是人夫，真难两全。无论在大陆、香港，还是南洋、国际，久矣我已被称为“台湾作家”。我当然是台湾作家，也是广义的台湾人，台湾的祸福荣辱当然都有份。但是我同时也是，而且一早就是，中国人了：华夏的河山、人民、文化、历史都是我与生俱来的“家当”，怎么当都当不掉的，而中国的祸福荣辱也是我鲜明的“胎记”，怎么消也不能消除。然而今日的台湾，在不少场合，谁要做中国人，简直就负有“原罪”。明明全都是马，却要说白马非马。这矛盾说来话长，我只有一个天真的希望：“莫为五十年的政治，抛弃五千年的文化。”

香港是情人，因为我和她曾有十二年的缘分，最后虽然分了手，却不是为了争端。初见她时，我才二十一岁，北顾茫茫，是大陆出来的流亡学生，一年后便东渡台湾。再见她时，我早已中年，成了中文大学的教授，而她，风华绝代，正当惊艳的盛时。我为她写了不少诗和更多的美文，害得台湾的朋友艳羡之余纷纷西游，要去当场求证。所以那十一年也是我“后期”创作的盛岁，加上当时学府的同道多为文苑的知己，弟子之中也新秀辈出，蔚然乃成沙田文风。

香港久为国际气派的通都大邑，不但东西对比、左右共存，而且南北交通，城乡兼胜，不愧是一位混血美人。观光客多半目眩于她的闹市繁华，而无视于她的海山美景。九龙与香港隔水相望，两岸的灯火争妍，已经璀璨耀眼，再加上波光倒映，盛况更翻一倍。至于地势，伸之则为半岛，缩之则为港湾，聚之则为峰峦，撒之则为洲屿，加上舟楫来去，变化之多，乃使海景奇幻无穷，我看了十年，仍然馋目未餍。

我一直庆幸能在香港无限好的岁月去沙田任教，庆幸那琅嬛福地坐拥海山之美，安静的校园，自由的学风，让我能在“文革”

的嚣乱之外，登上大陆后门口这一座幸免的象牙塔，定定心心写了好几本书。于是我这“台湾作家”竟然留下了“香港时期”。

不过这情人当初也并非一见钟情，甚至有点刁妮子作风。例如她的粤腔九音诘屈，已经难解，有时还爱写简体字来考我，而冒犯了她，更会在左报上对我冷嘲热讽，所以开头的几年颇吃了她一点苦头。后来认识渐深，发现了她的真性情，终于转而相悦，不但粤语可解，简体字能读，连自己的美式英语也改了口，换成了矜持的不列颠腔。同时我对英语世界的兴趣也从美国移向英国，香港更成为我去欧洲的跳板，不但因为港人欧游成风，远比台湾人为早，也因为签证在香港更迅捷方便。等到 80 年代初期大陆逐渐开放，内地作家出国交流，也多以香港为首站，因而我会见了朱光潜、巴金、辛笛、柯灵，也开始与流沙河、李元洛通信。

不少人瞧不起香港，认定她只是一块殖民地，又诋之为文化沙漠。1940 年 3 月 5 日，蔡元培逝于香港，五天后举殡，全港下半旗志哀。对一位文化领袖如此致敬，不记得其他华人城市曾有先例，至少胡适当年去世，台北不曾如此。如此的香港竟能称为文化沙漠吗？至于近年的抗议，场面之盛，牺牲之烈，也不像柔驯的殖民地吧。

欧洲开始成为外遇，则在我将老未老、已晡未暮的善感之年。我初践欧土，是从纽约起飞，而由伦敦入境，绕了一个大圈，已经四十八岁了。等到真的步上巴黎的卵石街头，更已是五十之年，不但心情有点“迟暮”，季节也值春晚，偏偏又是独游。临老而游花都，总不免感觉是辜负了自己，想起李清照所说：“春归秣陵树，人老建康城。”

一个人略谙法国艺术有多风流倜傥，眼底的巴黎总比一般观光嬉客所见要丰盈。“以前只是在印象派的画里见过巴黎，幻而似真；等到亲眼见了法国，却疑身在印象派的画里，真而似幻。”我在《巴黎看画记》一文，就以这一句开端。

巴黎不但是花都、艺都，更是欧洲之都。整个欧洲当然早已“迟暮”了，却依然十分“美人”，也许正因迟暮，美艳更叫人怜。而且同属迟暮，也因文化不同而有风格差异。例如伦敦吧，成熟之中仍不失端庄，至于巴黎，则不仅风韵犹存，更透出几分撩人的明艳。

大致说来，北欧的城市比较秀雅，南欧的则比较秾丽；新教的国家清醒中有节制，旧教的国家慵懒中有激情。所以斯德哥尔摩虽有“北方威尼斯”之美名，但是冬长夏短，寒光斜照，兼以楼塔之类的建筑多以红而带褐的方砖砌成，隔了茫茫烟水，只见灰蒙蒙阴沉沉的一大片，低压在波上。那波涛，也是蓝少黑多，说不上什么浮光耀金之美。南欧的明媚风情在那样的黑涛上是难以想象的：格拉纳达的中世纪“红堡”（Alhambra），那种细柱精雕、引泉入室的回教宫殿，即使再三擦拭阿拉丁的神灯，也不会赫现在波罗的海岸。

不过话说回来，无论是沉醉醉人，还是清醒醒人，欧洲的传统建筑之美总会令人仰瞻低回，神游中古。且不论西欧南欧了，即使东欧的小国，不管目前如何弱小“落后”，其传统建筑如城堡、宫殿与教堂之类，比起现代的暴发都市来，仍然一派大家风范，耐看得多。历经两次世界大战，遭受纳粹的浩劫，岁月的沧桑仍无法摧尽这些迟暮的美人，一任维也纳与布达佩斯在多瑙河边临流照镜，或是战神刀下留情，让布拉格的桥影卧魔涛而横陈。爱伦·坡说得好：

你女神的风姿已招我回乡，
回到希腊不再的光荣，
和罗马已逝的盛况。

一切美景若具历史的回响、文化的意义，就不仅令人兴奋，更使人低回。何况欧洲文化不仅悠久，而且多元，“外遇”的滋味远非美国的单调、浅薄可比。美国再富，总不好意思在波多马克河边盖一座罗浮宫吧？怪不得王尔德要说：“善心的美国人死后，都去了巴黎。”

1998年8月于西子湾

沙田山居

书斋外面是阳台，阳台外面是海，是山，海是碧湛湛的一弯，山是青郁郁的连环。山外有山，最远的翠微淡成一袅青烟，忽焉似有，再顾若无，那便是，大陆的莽莽苍苍了。日月闲闲，有的是时间与空间。一览不尽的青山绿水，马远夏圭的长幅横批，任风吹，任鹰飞，任渺渺之目舒展来回，而我在其中俯仰天地，呼吸晨昏，竟已有十八个月了。十八个月，也就是说，重九的陶菊已经两开，中秋的苏月已经圆过两次了。

海天相对，中间是山，即使是秋晴的日子，透明的蓝光里，也还有一层轻轻的海气，疑幻疑真，像开着一面玄奥的迷镜，照镜的不是人，是神。海与山绸缪在一起，分不出，是海侵入了山间，还是山诱俘了海水，只见海把山围成了一角角的半岛，山呢，把海围成了一汪汪的海湾。山色如环，困不住浩渺的南海，毕竟在东北方缺了一口，放樯桅出去，风帆进来。最是晴艳的下午，八仙岭下，一艘白色渡轮，迎着酣美的斜阳悠悠向大埔驶去，整个吐雾港平铺着千顷的碧蓝，就为了反衬那一影耀眼的洁白。起风的日子，海吹成了千亩蓝田，无数的百合此开彼落。到了深夜，所有的山影黑沉沉都睡去，远远近近，零零落落的灯全睡去，只留下一阵阵的潮声起伏，永恒的鼾息，撼人的节奏撼我的心血来潮。有时十几盏渔火赫然，浮现在阒黑的海面，排成一弯弧形，把渔网愈收愈小，围成一丛灿灿的金莲。

海围着山，山围着我。沙田山居，峰回路转，我的朝朝暮暮，日起日落，月望月朔，全在此中度过，我成了山人。问余何事栖碧山，笑而不答，山已经代我答了。其实山并未回答，是鸟代山答了，是虫，是松风代山答了。山是禅机深藏的高僧，轻易不开口的。人在楼上倚栏杆，山列坐在四面如十八尊罗汉叠罗汉，相看两不厌。早晨，我攀上佛头去看日出，黄昏，从联合书院的文学院一路走回来，家，在半山腰上等我，那地势，比佛肩要低，却比佛肚子要高些。这时，山什么也不说，只是争噪的鸟雀泄露了他愉悦的心境。等到众鸟栖定，山影茫然，天籁便低沉下去，若断若续，树间的歌者才歇下，草间的吟哦又四起。至于山坳下面那小小的幽谷，形式和地位都相当于佛的肚脐，深凹之中别有一番谐趣。山谷是一个爱音乐的村女，最喜欢学舌拟声，可惜太害羞，技巧不很高明。无论是鸟鸣犬吠，还是火车在谷口扬笛路过，她都要学叫一声，落后半拍，应人的尾音。

从我的楼上望出去，马鞍山奇拔而峭峻，屏于东方，使朝暾姗姗其来迟。鹿山巍然而逼近，魁梧的肩膂曾遮去了半壁西天，催黄昏早半小时来临，一个分神，夕阳便落进他的僧袖里去了。一炉晚霞，黄铜烧成赤金又化作紫灰与青烟，壮哉崦嵫的神话，太阳的葬礼。阳台上，坐看晚景变幻成夜色，似乎很缓慢，又似乎非常敏捷，才觉霞光烘颊，余曛在树，忽然变生咫尺，眈眈的黑影已伸及你的肘腋，夜，早从你背后袭来。那过程，是一种绝妙的障眼法，非眼睫所能守望的。等到夜色四合，黑暗已成定局，四周的山影，重甸甸阴森森的，令人肃然而恐。尤其是西屏的鹿山，白天还如佛如僧，蔼然可亲，这时竟收起法相，庞然而踞，黑毛茸蒙如一尊暗中伺人的怪兽，隐然，有一种潜伏的不安。

千山磅礴的来势如压，谁敢相撼？但是云烟一起，庄重的山态便改了。雾来的日子，山变成一座座的列屿，在白烟的横波回澜里，载浮载沉。八仙岭果真化作了过海的八仙，时在波上，时在弥漫的云间。有一天早晨，举目一望，八仙和马鞍和远远近近的大小众峰，全不见了，偶尔云开一线，当头的鹿山似从天隙中隐隐相窥，去大埔的车辆出没在半空。我的阳台脱离了一切，下临无地，在汹涌的白涛上自由来去。谷中的鸡犬从云下传来，从夐远的人间。我走去更高处的联合书院上课，满地白云，师生衣袂飘然，都成了神仙。我登上讲坛说道，烟云都穿窗探首来旁听。

起风的日子，一切云云雾雾的朦胧氤氲全被拭净，水光山色，纤毫悉在镜里。原来对岸的八仙岭下，历历可数，有这许多山村野店，水浒人家。半岛的天气一日数变，风骤然而来，从海口长驱直入，脚下的山谷顿成风箱，抽不尽满壑的咆哮翻腾，蹂躏着罗汉松与芦草，掀翻海水，吐着白浪。风是一群透明的猛兽，奔踹而来，呼啸而去。

海潮与风声，即使撼天震地，也不过为无边的静加注荒情与野趣罢了。最令人心动而神往的，却是人为的骚音。从清早到午夜，一天四十多班，在山和海之间，敲轨而来，鸣笛而去的，是九广铁路的客车、货车、猪车。曳着黑烟的飘发，蟠蜿着十三节车厢的修长之躯，这些工业时代的元老级交通工具，仍有旧世界迷人的情调，非协和的超音速飞机所能比拟。山下的铁轨向北延伸，延伸着我的心弦。我的中枢神经，一日四十多次，任南下又北上的千只铁轮轮番敲打，用钢铁火花的壮烈节奏，提醒我，藏在谷底的并不是洞里桃源，住在山上，我亦非桓景，即使王粲，也不能不下楼去：

栏杆三面压人眉睫是青山
碧螺黛迤逦的边愁欲连环
叠嶂之后是重峦，一层淡似一层
湘云之后是楚烟，山长水远
五千载与八万万，全在那里面……

茱萸之谜

茱萸在中国诗中的地位，是十分特殊的。屈原在《离骚》里曾说："椒专佞以慢慆兮，榝又欲充夫佩帏。"显然认为榝是不配盛于香囊佩于君子之身的一种恶草。榝，就是茱萸。千年之后，到了唐人的笔下，茱萸的形象已经大变。王维的"遥知兄弟登高处，遍插茱萸少一人"，杜甫的"明年此会知谁健，醉把茱萸仔细看"，都是吟咏重阳的名句。屈原厌憎的恶草，变成了唐人亲近的美饰，其间的过程，是值得追究一下的。

重九，是中国民俗里很富有诗意的一个节日，诸如登高，落帽，菊花，茱萸，等等，都是惯于入诗的形象。登高的传统，一般都认为是本于《续齐谐记》所载的这么一段："汝南桓景随费长房游学累年。长房谓曰：‘九月九日，汝家中当有灾。宜急去，令家人各作绛囊，盛茱萸以系臂，登高饮菊花酒，此祸可除。’景如言，齐家登山。夕还，见鸡犬牛羊一时暴死。长房闻之曰：‘此可代也。’今世人九日登高饮酒，妇人带茱萸囊，盖始于此。”

重九的吟诗传统，大概是晋宋之间形成的。二谢戏马台登高赋诗，孟嘉落帽，陶潜咏菊，都是那时传下来的雅事。唯独茱萸一事似乎是例外。《续齐谐记》的作者是梁朝人吴均，而桓景和费长房相传是东汉时人。根据《续齐谐记》的说法，登高，饮菊花酒，戴茱萸囊，这些习俗到梁时已颇盛行，但其起源则在东汉。可是《西京杂记》中贾佩兰一段，却说汉高祖宫人“九月九日佩茱萸，食蓬饵，饮菊华酒，令人长寿”。此说假如可信，则重九的习俗更应从东汉上推以至于汉初了。但无论我们相信《西京杂记》还是《续齐谐记》，最初佩戴茱萸的，似乎只是女人。不但如此，南北朝的诗中，也绝少出现咏茱萸之作。

到了唐朝，情形便改观了。茱萸不但成为男人的美饰，更为诗人所乐道。当时的女人仍佩此花，但似乎渐以酒姬为主，称为茱萸女，张谔诗中便曾见咏。王维所谓“遍插茱萸”，说明男子佩花之盛。杜甫所谓“醉把茱萸”，可能是指茱萸酒。重九二花，菊与茱萸，菊花当然更出风头，因为它和陶渊明缘结不解，而茱萸，在屈原一斥之后，却没有诗人特别来捧场。虽然如此，茱萸在唐诗里面仍然是很受注意的重阳景物。杜甫全集里，咏重九的十四首诗中便三次提到茱萸。李白的诗句“九日茱萸熟，插鬓伤早白”说明此树的红实熟于重九，可以插在鬓边。佩戴茱萸的方式，可谓不一而足，或如赵彦伯所谓“簪挂丹萸蕊”，或如陆景初所谓“萸房插缙绅”。至于李峤的“萸房陈宝席”和杜甫的“缀席茱萸好”，则是陈花于席，而李乂的“捧箧萸香遍”该是分传花房或赤果。储光羲的“九日茱萸飨六军”，恐怕是指茱萸酒，而不是指花。

我想佩缀茱萸之风大盛于唐，大概是宫廷倡导所致。当时每逢重阳佳节，皇帝常常率领一班文臣登高赋诗，同时把一枝枝的茱萸分群臣佩饰，算是辟邪消灾，应付桓景的故事。翻开《全唐诗》，多的是《九月九日幸临渭亭登高应制》或者《九月九日登慈恩寺浮图应制》一类的诗题。这一类的诗，无非“菊彩扬尧日，萸香违舜风”，“宠极萸房遍，恩深菊酌余”的颂辞，绝少文学价值。一般说来，应制诗常提到此花，反之则少提及，可见宫廷行重九之令，一定备有此花。杜甫五律《九日》末二句：“茱萸赐朝士，难得一枝来”，指的正是这件事。到了陆游的诗句“但忆社醅挼菊蕊，敢希朝士赐萸枝”，恐怕只是偷杜甫之句，不是写实了。

只要看唐代“茱萸赐朝士”之盛，便可以想见汉代宫人佩花之说或非虚构。汉高祖时不可能流行桓景故事，而《西京杂记》中所言重九种种也并无登高之说。原来茱萸辟邪除害，并非纯由传说，乃有医学根据。我们统称为“茱萸”的植物，其实更分为三类：山茱萸属山茱萸科，吴茱萸和食茱萸则属芸香科，功能杀虫消毒，逐寒去风。李时珍在《本草纲目》里说，井边种植此树，叶落井中，人饮其水，得免瘟疫。至于说什么“悬其子于屋，辟鬼魅”，自然是迷信，大概是取其味辛性烈之意，正如西洋人迷信大蒜可以逐魔吧。郭震所谓“辟恶茱萸囊，延年菊花酒”，正是此意。除此之外，吴茱萸还可以“起阳健脾”，山茱萸更能“补肾气，兴阳道，坚阴茎，添精髓，安五脏，通九窍”。不知这些功用和此物大盛于唐有没有关系？据说茱萸之为物，不但花、茎、叶、实均可入药，还可制酒。白居易所谓“浅酌茱萸杯”，恐怕正是这种补酒。

食茱萸的别名，有榄、藙、越椒等多种。古人以椒、榄、姜为“三香”，到了明朝，榄已罕用，现代人则只用椒与姜，不知茱萸为何物了。但在《礼记》里，三牲即已用茱萸来调味去腥。《吴越春秋》更说：“越以甘蜜丸榄，报吴增封之礼”，可见早在屈原之前，茱萸已成国际相赠的礼品了。然则众人之所贵，何以独独见鄙于屈原呢？可能茱萸味特辛辣，“蜇口惨腹”，不合屈原口味，甚至引起过敏之症，也未可知。曹植诗句：“茱萸自有芳，不若桂与兰。”也许正说中了此意。

1976 年 9 月

高速的联想

那天下午从九龙驾车回马料水，正是下班时分，大埔路上，高低长短形形色色的车辆，首尾相衔，时速二十五英里。一只鹰看下来，会以为那是相对爬行的两队单角蜗牛，单角，因为每辆车只有一根收音机天线。不料快到沙田时，莫名其妙地塞起车来，一时单角的蜗牛都变成了独须的病猫，废气暧暧，马达喃喃，像集体在腹诽狭窄的公路。熄火又不能，因为每隔一会儿，整条车队又得蠢蠢蠕动。前面究竟在搞什么鬼，方向盘的舵手谁也不知道。载道的怨声和咒语中，只有我沾沾自喜，欣然独笑。俯瞥仪表板上，从左数过来第七个蓝色钮键，轻轻一按，我的翠绿色小车忽然离地升起，升起，像一片逍遥的绿云牵动多少愕然仰羡的眼光，悠悠扬扬向东北飞逝。

那当然是真的：在拥挤的大埔路上，我常发那样的狂想。我爱开车。我爱操纵一架马力强劲反应敏灵野蛮又柔驯的机器，我爱方向盘在掌中微微颤动四轮在身体下面平稳飞旋的那种感觉，我爱用背肌承受的压力去体会起伏的曲折的地形山势，一句话，我崇拜速度。阿拉伯的劳伦斯曾说："速度是人性中第二种古老的兽欲。"以运动的速度而言，自诩万物之灵的人类是十分可怜的。褐雨燕的最高时速，是二百九十点五英里。狩猎的鹰在俯冲下扑时，能快到每小时一百八十英里。比赛的鸽子，有九十六点二九英里的时速。兽中最迅速的选手是豹和羚羊：长腿黑斑的亚洲豹，绰号"猎豹"者，在短程冲刺时，时速可到七十英里，可惜五百码后，就降成四十多英里了；叉角羚羊奋蹄疾奔，可以维持六十英里时速。和这些相比，"动若脱兔"只能算"中驷之才"：英国野兔的时速不过四十五英里。"白驹过隙"就更慢了，骑师胯下的赛马每小时只驰四十三点二六英里。人的速度最是可怜，一百码之外只能达到二十六点二二英里的时速。

可怜的凡人，奔腾不如虎豹，跳跃不如跳蚤，游泳不如旗鱼，负重不如蚂蚁，但是人会创造并驾驭高速的机器，以逸待劳，不但突破自己体能的极限，甚至超迈飞禽走兽，意气风发，逸兴遄飞之余，几疑可以追神迹，蹑仙踪。高速，为什么令人兴奋呢？生理学家一定有他的解释，例如循环加速、心跳变剧等。但在心理上，至少在潜意识里，追求高速，其实是人与神争的一大欲望：地心引力是自然的法则，也就是人的命运，高速的运动就是要反抗这法则，虽不能把它推翻，至少可以把它的限制压到最低。赛跑或赛车的选手打破世界纪录的那一刹那，是一闪宗教的启示，因为凡人体能的边疆，又向前推进了一步，而人进一步，便是神退一步，从此，人更自由了。

滑雪、赛跑、游泳、赛车、飞行等的选手，都称得上是英雄。他们的自由和光荣是从神手里，不是从别人的手里，夺过来的。他们所以成为英雄，不是因为牺牲了别人，而是因为克服了自然，包括他们自己。

若论紧张刺激的动感，高速运动似乎有这么一个原则：就是，凭借的机械愈多，和自然的接触就愈少，动感也就减小。赛跑，该是最直接的运动。赛马，就间接些，但凭借的不是机械，而是一匹汗油生光肌腱勃怒奋鬣扬蹄的神驹。最间接的，该是赛车了，人和自然之间，隔了一只铁盒、四只轮胎。不过，愈是间接的运动，就愈高速，这对于生就低速之躯的人类来说，实在是一件难以两全的事情。其他动物面对自己天生的体速，该都是心安理得，受之怡然的吧？我常想，一只时速零点零三英里的蜗牛，放在跑车的挡风玻璃里去看剧动的世界，会有怎样的感觉？

许多人爱驾敞篷的跑车，就是想在高速之中，承受、享受更多的自然：时速超过七十五英里，八十英里，九十英里，全世界轰然向你扑来，发交给风，肺交给激湍洪波的气流，这时，该有点飞的感觉了吧。阿拉伯的劳伦斯有耐性骑骆驼，却不耐烦驾驶汽车：他认为汽车是没有灵性的东西，只合在风雨中乘坐。从沙漠回到文明，才下了驼背，他便跨上电单车，去拜访哈代和萧伯纳。他在电单车上，每月至少驰骋两千四百英里，快的时候，时速高达一百英里，终因车祸丧生。

我骑过五年单车，也驾过四年汽车，却从未驾过电单车，但劳伦斯驰骤生风的豪情，我仿佛可以想象。电单车的骁腾剽悍，远在单车之上，而冲风抢路身随车转的那种投入感，更远胜靠在桶形椅背踏在厚地毯上的方向舵手。电影《逍遥游》（*Easy Rider*）里，三骑士在美国西南部的沙漠里直线疾驰的那一景，在摇滚乐亢奋的节奏下，是现代电影的高潮之一。我想，在潜意识里，现代少年是把桀骜难驯的电单车当马骑的：现代骑士仍然是戴盔着靴，而两脚踏镫双肘向外分掌龙头两角的骑姿，却富于浪漫的夸张，只有马达的厉啸逆人神经而过，比不上古典的马嘶。现代车辆的引擎，用马力来标示电力，依稀有怀古之风。准此，则敞篷车可以比拟远古的战车，而四门的“轿车”（Sedan）更是复古了。60年代的中期，福特车厂驱出的“野马号”（Mustang）拟跑车，颈长尾短，剽悍异常，一时纵横于超级公路，逼得克莱斯勒车厂只好放出一群修矫灵猛的“战马”（Charger）来竞逐。

我学开车，是在1964年的秋天。当时我从皮奥瑞亚去爱荷华访叶珊与黄用，一路上，火车误点，灰狗的长途车转车费时，这才省悟，要过州历郡亲身去纵览惠特曼和桑德堡诗中体魄雄伟的美国，手里必须有一个方向盘。父亲在国内闻言大惊，一封航空信从松山飞来，力阻我学驾车。但无穷无尽更无红灯的高速公路在敻阔自由的原野上张臂迎我，我的逻辑是：与其把生命交托给他人，不如握在自己的手里。学了七小时后，考到驾驶执照。发那张硬卡给我的美国警察说：“公路是你的了，别忘了，命也是你的。”

奇妙的方向盘，转动时世界便绕着你转动，静止时，公路便平直如一条分发线。前面的风景为你剖开，后面的背景呢，便在反光镜中缩成微小，更微小的幻影。时速上了七十英里，反光镜中分巷的白虚线便疾射而去如空战时机枪连闪的子弹，万水千山，记忆里，漫漫的长途远征全被魔幻的反光镜收了进去，再也不放出来。“欢迎进入内布拉斯卡”，“欢迎来加利福尼亚”，“欢迎来内华达”，闯州穿郡，记不清越过多少条边界，多少道税关。高速令人兴奋，因为那纯是一个动的世界，挡风玻璃是一望无餍的窗子，光景不息，视域无限，油门大开时，直线的超级大道变成一条巨长的拉链，拉开前面的远景蜃楼摩天绝壁拔地倏忽都削面而逝成为车尾的背景被拉链又拉拢。高速，使整座雪山簇簇的白峰尽为你回头，千顷平畴旋成车轮滚滚的辐辏。春去秋来，多变的气象在挡风窗上展示着神的容颜：风沙雨露和冰雪，烈日和冷月，沙漠里的飞蓬，草原夏夜密密麻麻的虫尸，扑面踹来大卡车轮隙踢起的卵石，这一切，都由那一方弧形的大玻璃共同承受。

从海岸到海岸，从极东的森林洞（Woods Hole）浸在大西洋的寒碧到太平洋暖潮里浴着的长堤，不断的是我的轮印横贯新大陆。坦荡荡四巷并驱的大道自天边伸来又没向天边，美利坚，卷不尽展不绝一幅横轴的山水只为方向盘后面的远眺之目而舒放。现代的徐霞客坐游异域的烟景，为我配音的不是古典的马蹄嘚嘚风帆飘飘，是八汽缸引擎轻快的低吟。

二十轮轰轰地翻滚，体格修长而魁梧的铝壳大卡车，身长数倍于一辆小轿车，超它时全身的神经紧缩如猛收一张网，胃部隐隐地痉挛，两车并驰，就像在狭长的悬崖上和一匹犀牛赛跑，真是疯狂。一时小车惊窜于左，重吨的货柜车奔腾而咆哮于右，右耳太浅，怎盛得下那样一旋涡的骚音？1965年年初，一个苦寒凛冽的早晨，灰白迷蒙的天色像一块毛玻璃，道奇小车载我自芝加哥出发，碾着满地的残雪碎冰，一日七百英里的长征，要赶回葛底斯堡去。出城的州际公路上，遇上了重载的大货车队，首尾相衔，长可半英里，像一道绝壁蔽天水声震耳的大峡谷，不由分说，将我夹在缝里，挟持而去。就这样一直对峙到印第安纳州境，车行渐稀，才放我出峡。

后来驶车日久，这样的超车也不知经历过多少次了，浑不觉二十轮卡车有多威武，直到前几天，在香港的电视上看到了斯皮尔伯格导演的悚栗片《决斗》（*Duel*）。一位急于回家的归客，在野公路上超越一辆庞然巨物的油车，激怒了高踞驾驶座上的隐身司机，油车变成了金属的恐龙怪兽，挟其邪恶的暴力盲目地冲刺，一路上天崩地塌火杂杂衔尾追来。反光镜里，惊瞥赫现那油车的车头已经是一头狂兽，而一进隧道，车灯亮起，可骇目光灼灼黑凛凛一尊妖牛。看过斯皮尔伯格后期作品《大白鲨》，就知道在《决斗》里，他是把那辆大油车当作一匹猛兽来处理的，但它比大白鲨更凶顽更神秘，更令人分泌肾上腺素。

香港是一个弯曲如爪的半岛旁错落着许多小岛，地形分割而公路狭险，最高的时速不过五十英里，一般时速都在四十英里以下，再好的车再强大的马力也不能放足驰骤。低速的大埔路上，蜗步在一串慢车的背影之后，常想念美国中西部大平原和西南部沙漠里，天高路邈，一车绝尘，那样无阻的开阔空旷。虽说能源的荒年，美国把超级公路的速限降为每小时五十五英里，去年 8 月我驶车在南加州，时速七十英里，也未闻警笛长啸来追逐。

更念烟波相接，一座多雨的岛上，多少现代的愚公，亚热带小阳春的艳阳下在移山开道，开路机的履带轧轧，铲土机的巨螯孔武地举起，起重机碌碌地滚着辘轳，为了铺一条巨毡从基隆到高雄，迎接一个新时代的驶来。那样壮阔的气象，四衢无阻，千年齐毂并驰的路景，郑成功、吴凤没有梦过，阿眉族、泰耶鲁族的民谣从不曾唱过。我要拣一个秋晴的日子，左窗亮着金艳艳的晨曦，从台北出发，穿过牧神最绿最翠的辖区，腾跃在世界最美丽的岛上；而当晚从高雄驰回台北，我要驰速限甚至纵一点超速，在亢奋的脉搏中，写一首现代诗歌咏带一点汽油味的牧神，像陶潜和王维从未梦过的那样。

更大的愿望，是在更古老更多回声的土地上驰骋。中国最浪漫的一条古驿道，应该在西北。最好是细雨霏霏的黎明，从渭城出发，收音机天线上系着依依的柳枝。挡风窗上犹浥着轻尘，而渭城已渐远，波声渐渺。甘州曲，凉州词，阳关三叠的节拍里车向西北，琴音诗韵的河西孔道，右边是古长城的雉堞隐隐，左边是青海的雪峰簇簇，白耀天际，我以七十英里高速驰入张骞的梦高适岑参的世界，轮印下重重叠叠多少古英雄长征的蹄印。

1977 年元旦

第三辑

万事尽头，终将如意

望乡的牧神

那年的秋季特别长，一直拖到感恩节，还不落雪。事后大家都说，那年的冬季，也不像往年那么长，那么严厉。雪是下了，但不像那么深，那么频。幸好圣诞节的一场还积得够厚，否则圣诞老人就显得狼狈失措了。

那年的秋季，我刚刚结束了一年浪游式的讲学，告别了第三十三张席梦思，回到密歇根来定居。许多好朋友都在美国，但黄用和华苓在爱荷华，梨华远在纽约，一个长途电话能令人破产。咪咪手续未备，还阻隔半个大陆加一个海加一个海关。航空邮简是一种迟缓的箭，射到对海，火早已熄了，余烬显得特别冷。

那年的秋季，显得特别长。草，在渐渐寒冷的天气里，久久不枯。空气又干，又爽，又脆。站在下风的地方，可以嗅出树叶，满林子树叶散播的死讯，以及整个中西部成熟后的体香。中西部的秋季，是一场弥月不熄的野火，从浅黄到血红到暗赭到郁沉沉的浓栗，从爱荷华一直烧到俄亥俄，夜以继日日以继夜地维持好几十郡的灿烂。云罗张在特别洁净的蓝虚蓝无上，白得特别惹眼。谁要用剪刀去剪，一定装满好几箩筐。

那年的秋季特别长，像一段雏形的永恒。我几乎以为，站在四围的秋色里，那种圆溜溜的成熟感，会永远悬在那里，不坠下来。终于一切瓜一切果都过肥过重了，从腴沃中升起来的仍垂向腴沃。每到黄昏，太阳也垂垂落向南瓜田里，红澄澄的，一只熟得不能再熟下去的，特大号的南瓜。日子就像这样过去。晴天之后仍然是晴天之后仍然是完整无憾饱满得不能再饱满的晴天，敲上去会敲出音乐来的稀金属的晴天。就这样微酩地饮着清醒的秋季，好怎么不好，就是太寂寞了。在西密歇根大学，开了三门课，我有足够的时间看书，写信。但更多的时间，我用来幻想，而且回忆，回忆在一个岛上做过的有意义和无意义的事情，一直到半夜，到半夜以后。有些事情，曾经恨过的，再恨一次；曾经恋过的，再恋一次；有些无聊，甚至再无聊一次。一切都离我很久，很远。我不知道，我的寂寞应该以时间还是空间为半径。就这样，我独自坐到午夜以后，看窗外的夜比《圣经·旧约》更黑，万籁俱死之中，听两颊的胡髭无赖地长着，应和着腕表巡回的秒针。

这样说，你就明白了。那年的秋季特别长。我不过是个客座教授，悠悠荡荡的，无挂无牵。我的生活就像一部翻译小说，情节不多，气氛很浓；也有其现实的一面，但那是异国的现实，不算数的。例如汽车保险到期了，明天要记得打电话给那家保险公司；公寓的邮差怪可亲的，圣诞节要不要送他件小礼品等。究竟只是一部翻译小说，气氛再浓，只能当作一场逼真的梦罢了。而尤其可笑的是，读来读去，连一个女主角也不见。男主角又如此地无味。这部恶汉体的（picaresque）小说，应该是没有销路的。不成其为配角的配角，倒有几位。劳悌芬便是其中的一位。在我教过的一百六十几个美国大孩子之中，劳悌芬和其他少数几位，大概会长久留在我的回忆里。一切都是巧合。有一个黑发的东方人，去到密歇根。恰巧会到那一个大学。恰巧那一年，有一个金发的美国青年，也在那大学里。恰巧金发选了黑发的课。恰巧谁也不讨厌谁。于是金发出现在那部翻译小说里。

那年的秋季，本来应该更长更长的。是劳悌芬，使它显得不那样长。劳悌芬，是我给金发取的中文名字。他的本名是Stephen Cloud。一个姓云的人，应该是洒脱的。劳悌芬倒不怎么洒脱。他毋宁是有些腼腆的，不像班上其他的男孩，爱逗着女同学说笑。他也爱笑，但大半是坐在后排，大家都笑时他也参加笑，会笑得有些脸红。后来我才发现他是戴隐形眼镜的。

同时，秋季愈益深了。女学生们开始穿大衣来教室。上课的时候，掌大的枫树落叶，会簌簌叩打大幅的玻璃窗。我仍记得，那天早晨刚落过霜，我正讲到杜甫的“秋来相顾尚飘蓬”。忽然瞥见红叶黄叶之上，联邦的星条旗扬在猎猎的风中，一种摧心折骨的无边秋感，自头盖骨一直麻到十个指尖。有三四秒钟我说不出话来。但脸上的颜色一定泄露了什么。下了课，劳悌芬走过来，问我周末有没有约会。当我的回答是否定时，他说：“我家在农场上，此地南去四十多英里。星期天就是万圣节了。如果你有兴致，我想请你去住两三天。”

所以三天后，我就坐在他西德产的小汽车右座，向南方出发了。10月底的一个半下午，小阳春停在最美的焦距上，湿度至小，能见度至大，风景呈现最清晰的轮廓。出了卡拉马如(Kalamazoo)，密歇根南部的大平原抚得好空好阔，浩浩乎如一片陆海，偶然的农庄和丛树散布如列屿。在这样响当当的晴朗里，这样高速这样平稳地驰骋，令人幻觉是在驾驶游艇。一切都退得很远，腾出最开敞的空间，让你回旋。秋，确是奇妙的季节。每个人都幻觉自己像两万英尺高的卷云那么轻，一大张卷云卷起来称一称也不过几磅。又像空气那么透明，连忧愁也是薄薄的，用裁纸刀这么一裁就裁开了。公路，像一条有魔术的白地毡，在车头前面不断舒展，同时在车尾不断卷起。

如是卷了二十几英里，西德的小车在一面小湖旁停了下来。密歇根原是千湖之州，五大湖之间尚有无数小泽。像其他的小泽一样，面前的这个湖蓝得染人肝肺。立在湖边，对着满满的湖水，似乎有一只幻异的蓝眼瞳在施术催眠，令人意识到一种不安的美。所以说秋是难解的。秋是一种让人不可置信而居然延长了这么久的奇迹，总令人觉得有点不安。就像此刻，秋色四面，上面是土耳其玉的天穹，下面是普鲁士蓝的清澄，风起时，满枫林的叶子滚动香熟的灿阳，仿佛打翻了一匣子的玛瑙。莫奈和西斯莱死了，印象主义的画面永生。

这只是刹那的感觉罢了。下一刻，我发现劳悌芬在喊我。他站在一株大黑橡下面。赤褐如焦的橡叶丛底，露出一间白漆木板钉成的小屋。走进去，才发现是一爿小杂货店。陈设古朴可笑，饶有殖民时期风味。西洋杉铺成的地板，走过时轧轧有声。这种小铺子在城市里是已经绝迹了。店主是一个满脸斑点的胖妇人。劳悌芬向她买了十几根红白相间的竿竿糖，满意地和我走出店来。

橡叶萧萧，风中甚有寒意。我们赶回车上，重新上路。劳悌芬把糖袋子递过来，任我抽了两根。糖味不太甜，有点薄荷在里面，嚼起来倒也津津可口。劳悌芬解释说：

“你知道，老太婆那家小店，开了十几年了，生意不好，也不关门。读初中起，我就认得她了，也不觉得她的糖有什么好吃。后来去卡拉马如上大学，每次回家，一定找她聊天，同时买点糖吃，让她高兴高兴。现在居然成了习惯，每到周末，就想起薄荷糖来了。”

“是蛮好吃。再给我一根。你也是，别的男孩子一到周末就约 chic 去了，你倒去看祖母。”

劳悌芬红着脸傻笑。过了一会，他说：

“女孩子麻烦。她们喝酒，还做好多别的事。”

“我们班上的好像都很乖。例如路丝——”

“啰，满嘴的存在主义什么的，好烦。还不如那个老婆婆坦白！”

“你不像其他的美国男孩子。”

劳悌芬耸耸肩，接着又傻笑起来。一辆货车挡在前面，他一踩油门，超了过去。把一袋糖吃光，就到了劳悌芬的家了。太阳已经偏西。夕照正当红漆的仓库，特别显得明艳映颊。劳悌芬把车停在两层的木屋前，和他父亲的旅行车并列在一起。一个丰硕的妇人从屋里探头出来，大呼说：

“Steve！我晓得是你！怎么这样晚才回来！风好冷，快进来吧！”

劳悌芬把我介绍给他的父母和弟弟侯伯（Herbert）。终于大家在晚餐桌边坐定。这才发现，他的父亲不过五十岁，已然满头白发，可是白得整齐而洁净，反而为他清瘦的面容增添光辉。侯伯是一个很漂亮的、伶手俐脚的小伙子。但形成晚餐桌上暖洋洋的气氛的，还是他的母亲。她是一个胸脯宽阔、眸光亲切的妇人，笑起来时，启露白而齐的齿光，映得满座粲然。她一直忙着传递盘碟。看见我饮牛奶时狐疑的脸色，她说：

“味道有点怪，是不是？这是我们自己的母牛挤的奶，原奶，和超级市场上买到的不同。等会你再尝尝我们自己的榨苹果汁看。”

“你们好像不喝酒。”我说。

“爸爸不要我们喝，”劳悌芬看了父亲一眼，“我们只喝牛奶。”

“我们是清教徒，”他父亲眯着眼睛说，“不喝酒，不抽烟。从我的祖父起就是这样子。”

接着他母亲站起来，移走满桌子残肴，为大家端来一碟碟南瓜饼。

“Steve，”他母亲说，“汤普森家的孩子们说了明天晚上要来闹节的。‘不招待，就作怪’，余先生听说过吧？糖倒是准备了好几包。就缺一盏南瓜灯。地下室有三四只空南瓜，你等会儿去挑一只雕一雕。我要去挤牛奶了。”

等他父亲也吃罢南瓜饼，起身去牛栏里帮他母亲挤奶时，劳悌芬便到地下室去。不久，他捧了一只脸盆大小的空干南瓜来，开始雕起假面来。他在上端先开了两只菱形的眼睛，再向中部挖出一只鼻子，最后，又挖了一张新月形的阔嘴，嘴角向上。接着他把假面推到我的面前，问我像不像。想了一会儿，我说：

“嘴好像太小了。”

于是他又把嘴向两边开得更大。然后他说：

“我们把它放到外面去吧。”

我们推门出去。他把南瓜脸放在走廊的地板上，从夹克的大口袋里掏出一截白蜡烛，塞到蒂眼里，企图把它燃起。风又急又冷，一吹，就熄了。徒然试了几次，他说：

“算了，明晚再点吧。我们早点睡。明天还要去打野兔子呢。”

第二天下午，我们果然背着猎枪，去打猎了。这在我说来，是有点滑稽的。我从来没有打猎的经验。军训课上，是射过几发子弹，但距离红心不晓得有好远。劳悌芬却兴致勃勃，坚持要去。

“上个周末没有回家。再上个周末，帮爸爸驾收割机收黄豆。一直没有机会到后面的林子里去。”

劳悌芬穿了一件粗帆布的宽大夹克，长及膝盖，阔腰带一束，显得五英尺十英寸上下的身材，分外英挺。他把较旧式的一把猎枪递给我，说：

“就凑合着用一下吧。1958年出品，本来是我弟弟用的。”看见我犹豫的脸色，他笑笑说：“放松一点。只要不向我身上打就行。很有趣的，你不妨试试看。”

我原有一肚子的话要问他，可是他已经领先向屋后的橡树林欣然出发了。我端着枪跟上去。两人绕过黄白相间的耿西牛群的牧地，走上了小木桥彼端的小土径，在犹青的乱草丛中蜿蜒而行。天气依然爽朗朗地晴。风已转弱，阳光不转瞬地凝视着平野，但空气拂在肌肤上，依然冷得人神志清醒，反应敏锐。舞了一天一夜的斑斓树叶，都悬在空际，浴在阳光金黄的好脾气中。这样美好而完整的静谧，用一发猎枪子弹给炸碎了，岂不可惜。

“一只野兔也不见呢。”我说。

“别慌。到前面的橡树丛里去等等看。”

我们继续往前走。我努力向野草丛中搜索，企图在劳悌芬之前发现什么风吹草动；如此，我虽未必能打中什么，至少可以提醒我的同伴。这样想着，我就紧紧追上了劳悌芬。蓦地，我的猎伴举起枪来，接着耳边炸开了一声脆而短的骤响。一样毛茸茸的灰黄的物体从十几码外的黑橡树上坠了下来。

“打中了！打中了！”劳悌芬向那边奔过去。

“是什么？”我追过去。

等到我赶上他时，他正挥着枪柄在追打什么。然后我发现草坡下，劳悌芬脚边的一个橡树窟窿里，一只松鼠尚在抽搐。不到半分钟，它就完全静止了。

“死了。”劳悌芬说。

“可怜的小家伙。”我摇摇头。我一向喜欢松鼠。以前在爱荷华念书的时候，我常爱从红砖的古楼上，俯瞰这些长尾多毛的小动物，在修得平整的草地上嬉戏。我尤其爱看它们躬身而立，捧食松果的样子。劳悌芬捡起松鼠。它的右腿渗出血来，修长的尾巴垂着死亡。劳悌芬拉起一把草，把血斑拭去说：

“它掉下来，带着伤，想逃到树洞里去躲起来。这小东西好聪明。带回去给我父亲剥皮也好。”

他把死松鼠放进夹克的大口袋里，重新端起了枪。

“我们去那边的树林子里再找找看。”他指着半英里外的一片赤金和鲜黄。想起还没有庆贺猎人，我说：

“好准的枪法，刚才根本没有看见你瞄准，怎么它就掉下来了。”

“我爱玩枪。在学校里，我还是预备军官训练队的上校呢。每年冬季，我都带侯伯去北部的半岛打鹿。这一向眼睛差了。隐形眼镜还没有戴惯。”

这才注意到劳悌芬的眸子是灰蒙蒙的，中间透出淡绿色的光泽。我们越过十二号公路。岑寂的秋色里，去芝加哥的车辆迅疾地扫过，曳着轮胎磨地的咝咝和掠过你身边时的风声。一辆农场的拖拉机，滚着齿槽深凹的大轮子，施施然辗过，车尾扬着一面小红旗。劳悌芬对车上的老叟挥挥手。

“是汤普森家的丈人。”他说。

“车上插面红旗子干吗？”

“哦，是州公路局规定的。农场上的拖拉机之类，在公路上穿来穿去，开得太慢，怕普通车辆从后面撞上去，挂一面红旗，老远就看见了。”

说着，我们一脚高一脚低走进了好大一片刚收割过的田地。阡陌间歪歪斜斜地还留着一行行的残梗，零零星星的豆粒，落在干燥的土块里。劳悌芬随手折起一片豆荚，把荚剥开，淡黄的豆粒滚入了他的掌心。

“这是汤普森家的黄豆田。尝尝看，很香的。”

我接过他手中的豆子，开始尝起来。他折了更多的豆荚，一片一片地剥着。两人把嚼不碎的豆子吐出来。无意间，我哼起“高粱肥，大豆香，遍地黄金少灾殃……”

“嘿，那是什么？”劳悌芬笑起来。

“第二次世界大战时大家都唱的一首歌……那时我们都是小孩子。”说着，我的鼻子酸了起来。两人走出了大豆田，又越过一片尚未收割的玉蜀黍。劳悌芬停下来，笑得很神秘。过了一会，他说：

“你听听看，看能听见什么。”

我当真听了一会。什么也没有听见。风已经很微。偶尔，玉蜀黍的干穗谷和邻株磨出一丝窸窣。劳悌芬的浅灰绿瞳子向我发出问询。

我茫然摇摇头。

他又阔笑起来。

“玉米田，多耳朵。有秘密，莫要说。”

我也笑起来。

“这是双关语，”他笑道，“我们英语管玉米穗叫耳朵。好多笑话都从它编起。”

接着两人又默然了。经他一说，果然觉得玉蜀黍秆上挂满了耳朵。成千的耳朵都在倾听，但下午的遗忘覆盖一切，什么也听不见。一枚硬壳果从树上跌下来，两人吓了一跳。劳悌芬俯身拾起来，黑褐色的硬壳已经干裂。

“是山胡桃呢。”他说。

我们继续向前走。杂树林子已经在面前。不久，我们发现自己已在树丛中了。厚厚的一层落叶铺在我们脚下。卵形而有齿边的是桦，瘦而多棱的是枫，橡叶则圆长而轮廓丰满。我们踏着千叶万叶已腐的，将腐的，干脆欲裂的秋季向更深处走去，听非常过瘾也非常伤心的枯枝在我们体重下折断的声音。我们似乎践在暴露的秋筋秋脉上。秋日下午那安静的肃杀中，似乎，有一些什么在我们里面死去。最后，我们在一截断树干边坐下来。一截合抱的黑橡树干，横在枯枝败叶层层交叠的地面，龟裂的老皮形成阴郁的图案，记录霜的齿印，雨的泪痕。黑眼眶的树洞里，覆盖着红叶和黄叶，有的仍有潮意。

两人靠着断干斜卧下来，猎枪搁在断柯的杈丫上。树影重重叠叠覆在我们上面，蔽住更上面的蓝穹。落下来的锈红蚀褐已经很多，但仍有很多的病叶，弥留在枝柯上面，犹堪支撑一座两丈多高的镶黄嵌赤的圆顶。无风的林间，不时有一张叶子飘飘荡荡地堕下。而地面，纵横的枝叶间，会传来一声不甚可解的窸窣，说不出是足拨的或是腹游的路过。

“你看，那是什么？”我转向劳悌芬。他顺着我指点的方向看去。那是几棵银桦树间一片凹下去的地面，里面的桦叶都压得很平。

“好大的坑。”我说。

“是鹿，”他说，“昨夜大概有鹿来睡过。这一带有鹿。如果你住在湖边，就会看见它们结队去喝水。”

接着他躺了下来，枕在黑皮的树干上，穿着方头皮靴的脚交叠在一起。他仰面凝视叶隙透进来的碎蓝色。如是仰视着，他的脸上覆盖着纷沓而游移的叶影，红的朦胧叠着黄的模糊。他的鼻梁投影在一边的面颊上，因为太阳已沉向西南方，被桦树的白干分割着的西南方，牵着一线金熔熔的地平。他的阔胸脯微微地起伏。

“Steve，你的家园多安静可爱。我真羡慕你。”

仰着的脸上漾开了笑容。不久，笑容静止下来。

“是很可爱啊，但不会永远如此。我可能给征到越南去。”

“那样，你去不去呢？”我说。

“如果征到我，就必须去。”

“你——怕不怕？”

“哦，还没有想过。美国的公路上，一年也要死五万人呢。我怕不怕？好多人赶着结婚。我同样怕结婚。年纪轻轻的，就认定一个女孩，好没意思。”

“你没有女朋友吗？”我问。

“没有认真的。”

我茫然了。躺在面前的是这样的一个躯体，结实，美好，充溢的生命一直到指尖和趾尖。就是这样的一个躯体，没有爱过，也未被爱过，未被情欲燃烧过的一截空白。有一个东方人是他的朋友。冥冥中，在一个遥远的战场上，将有更多的东方人等着做他的仇敌。一个遥远的战场，那里的树和云从未听说过密歇根。

这样想着，忽然发现天色已经晚了。金黄的夕暮淹没了林外的平芜。乌鸦叫得原野加倍地空旷。有谁在附近焚烧落叶，空中漫起灰白的烟来，嗅得出一种好闻的焦味。

“我们回去吃晚饭吧。”劳悌芬说。

那年的秋季特别长，似乎，万圣节来得也特别迟。但到了万圣节，白昼已经很短了。太阳一下去，天很快就黑了，比《圣经》的封面还黑。吃过晚饭，劳悌芬问我累不累。

“不累。一点儿也不累。从来没有像这样好兴致。”

“我们开车去附近逛逛去。”

“好啊——今晚不是万圣节前夕吗？你怕不怕？”

“怕什么？”劳悌芬笑起来，“我们可以捉两个女巫回来。”

“对！捉回来，要她们表演怎样骑扫帚！”

全家人都哄笑起来。劳悌芬和我穿上厚毛衫与夹克。推门出去，在寒战的星光下，我们钻进西德的小车。车内好冷，皮垫子冰人臀股，一切金属品都冰人肘臂。立刻，车窗上就呵了一层翳翳的雾气。车子上了十二号公路，速度骤增，成排的榆树向两侧急急闪避，白脚的树干反映着首灯的光，但榆树的巷子外，南密歇根的平原罩在一件神秘的黑巫衣里。劳悌芬开了暖气。不久，我的膝头便感到暖烘烘了。

“今晚开车特别要小心，”劳悌芬说，“有些小孩子会结队到邻近的村庄去捣蛋。小孩子边走边说笑，在公路边上，很容易发生车祸。今年，警察局在报上提醒家长，不要让孩子穿深色的衣服。”

“你小时候有没有闹过节呢？”

“怎么没有？我跟侯伯闹了好几年。”

“怎么一个捣蛋法？”

“哦，不给糖吃的话，就用烂泥糊在人家门口。或在窗子上画个鬼，或者用粉笔在汽车上涂些脏话。”

“倒是蛮有意思的。”

“现在渐渐不作兴这样了。父亲总说，他们小时候闹得比我们还凶。”

说着，车已上了跨越大税道的陆桥。桥下的车辆四向来去地疾驶着，首灯闪动长长的光芒，向芝加哥，向陀里多。

“是印第安纳的超级税道。我家离州界只有七英里。”

“我知道。我在这条路上开过两次的。”

“今晚已经到过印第安纳了。我们回去吧。”

说着，劳悌芬把车子转进一条小支道，绕路回去。

“走这条路好些，”他说，“可以看看人家的节景。”

果然远处霎着几星灯火。驶近时，才发现是十几户人家。走廊的白漆栏杆上，皆供着点燃的南瓜灯，南瓜如面，几何形的眼鼻展览着布拉克和毕加索，说不清是恐怖还是滑稽。有的廊上，悬着骑帚巫的怪异剪纸。打扮得更怪异的孩子们，正在拉人家的门铃。灯火自楼房的窗户透出来，映出洁白的窗帷。

接着劳悌芬放松了油门。路的右侧隐约显出几个矮小的人影。然后我们看出，一个是王，戴着金黄的皇冠，持着权杖，披着黑色的大氅。一个是后，戴着银色的后冕，曳着浅紫色的衣裳。后面一个武士，手执斧钺，不过四五岁的样子。我们缓缓前行，等小小的朝廷越过马路。不晓得为什么，武士忽然哭了起来。国王劝他不听，气得骂起来。还是好心的皇后把他牵了过去。

劳悌芬和我都笑起来。然后我们继续前进。劳悌芬哼起“出埃及”中的一首歌，低沉之中带点凄婉。我一面听，一面数路旁的南瓜灯。最后劳悌芬说：

“那一盏是我们家的南瓜灯了。”

我们把车停在铁丝网成的玉蜀黍圆仓前面。劳悌芬的母亲应铃来开门。我们进了木屋，一下子，便把夜的黑和冷和神秘全关在门外了。

“汤普森家的孩子们刚来过，”他的妈妈说，“爱弟装亚瑟王，简妮装贵妮薇儿，佛莱德跟在后面，什么也不像，连‘不招待，就作怪’都说不清楚。”

“表演些什么？”劳悌芬笑笑说。

“简妮唱了一首歌。佛莱德什么都不会，硬给哥哥按在地上翻了一个筋斗。”

“汤姆怎么没来？”

“汤姆吗？汤姆说他已经大了，不搞这一套了。”

那年的秋季特别长，似乎可以那样一直延续下去。那一夜，我睡在劳悌芬家楼上，想到很多事情。南密歇根的原野向远方无限地伸长，伸进不可思议的黑色的遗忘里。地上，有零零落落的南瓜灯。天上，秋夜的星座在人家的屋顶上电视的天线上在光年外排列百年前千年前第一个万圣节前就是那样的阵图。我想得很多，很乱，很不连贯。高粱肥。大豆香。从越战想到韩战想到八年的抗战[1]。想冬天就要来了空中嗅得出雪来今年的冬天我仍将每早冷醒在单人床上。大豆香。想大豆在密歇根香着在印第安纳在俄亥俄香着的大豆在另一个大陆有没有在香着？劳悌芬是个好男孩我从来没有过弟弟。这部翻译小说，愈写愈长愈没有情节而且男主角愈益无趣，虽然气氛还算逼真。南瓜饼是好吃的，比苹果饼好吃些。高粱肥。大豆香。大豆香后又怎么样？我实在再也吟不下去了。我的床向秋夜的星空升起，升起。大豆香的下句是什么？

那年的秋季特别长，所以说，我一整夜都浮在一首歌上。那些尚未收割的高粱，全失眠了。这么说，你就完全明白了，不是吗？那年的秋季特别长。

1966年10月24日追忆

[1] 现已改为十四年抗战，此为作者原文，故未改动。——编者注

不朽，是一堆顽石？

那天在悠悠的西敏古寺里，众鬼寂寂，所有的石像什么也没说。游客自纽约来，游客自欧陆，左顾右盼，恐后争先，一批批的游客，也吓得什么都不敢妄说。岑寂中，只听得那该死的向导，无礼加上无知，在空厅堂上指东点西，制造合法的噪音。十个向导，有九个进不了天国。但最后，那卑微继续的噪音，亦如历史上大小事件的骚响一样，终于寂灭，在西敏古寺深沉的肃穆之中。游客散后，他兀自坐在大理石精之间，低回久不能去。那些石精铜怪，百魄千魂的噤嘿之中，自有一种冥冥的雄辩，再响的噪音也辩它不赢，一层深似一层的阴影里，有一种音乐，灰扑扑地安抚他敏感的神经。当晚回到旅舍，他告诉自己的日记："那是一座特大号的鬼屋。徘徊在幽光中，被那样的鬼所祟，却是无比的安慰。大过瘾。大感动。那样的被祟等于被祝福。很久，没有流那样的泪了。”

说它是一座特大号的鬼屋，一点也没错。在那座嵯峨的中世纪古寺里，幢幢作祟的鬼魂，可分三类。掘墓埋骨的，是实鬼。立碑留名的，是虚鬼。勒石供像的一类，有虚有实，无以名之，只好叫它作石精了。而无论是据墓为鬼也好，附石成精也好，这座古寺里的鬼籍是十分杂乱的。帝王与布衣，俗众与僧侣，同一拱巍巍的屋顶下，鼾息相闻。高高低低，那些嶙峋的雕像，或立或坐，或倚或卧，或镀金，或敷彩，异代的血肉都化为同穴的冷魂，一矿的顽块。李白所说“屈平词赋悬日月，楚王台榭空山丘”，在此地并不适用。在西敏寺中，诗人一隅独拥，固然受百代的推崇，而帝王的墓穴，将相的遗容，也遍受四方的游客瞻仰。1966年，西敏寺庆祝立寺九百年，宣扬的精神正是“万民一体”。

西敏寺的位置，居伦敦的中心而稍稍偏南，诗人斯宾塞笔下的“风流的泰晤士河”在其东缓缓流过，华兹华斯驻足流连的西敏寺大桥凌乎波上，在寺之东北。早在公元7世纪初年，这块地面已建过教堂。1065年，敕建西敏寺的英王，号称“忏悔的爱德华”。次年诺曼底公爵威廉北渡海峡，征服了大不列颠，那年的圣诞节就在西敏寺举行加冕大典，成为法裔的第一任英王。从此，在西敏寺加冕，成了英国宫廷的传统，而历代的帝王卿相高僧名将皇后王子等，也纷纷葬在寺中。不葬在此地的，也往往立碑勒铭，以志不忘。西敏寺，是一座大理石砌的教堂，七色的玻璃窗开向天国，至今仍是英国人每日祈祷的圣殿。但同时是一座石气阴森阳光罕见的博物巨馆，石椁铜棺，拱门回廊，无一不通向死亡，无一不通向幽暗的过去。

对于他，西敏古寺不只是这些。坐在南翼大壁画前的古木排椅上，两侧是历代诗人的雕像，凌空是百尺拱柱高举的屋顶，远眺北翼，历代将相成排的白石立像尽处是所罗门的走廊，其上是直径二十英尺的蔷薇圆窗，七彩斑斓的蔷瓣上，十一使徒的绘像，染花了上界的天光——这么坐着，仰望着，恍恍惚惚，神游于天人之际，西敏寺就是一部立体的英国历史，就是一部，尤其是对于他，石砌的英国文学史。

不敢高声语，恐惊天上人。诗人之隅，他是屏息敛气，放轻了脚步走进来的。忽然他已经立在诗魂蠢动的中间，四周，一尊尊的石像，顶上，一方方的浮雕，脚下，一块接一块的纪念碑平嵌于地板，令人落脚都为难。天使步踌躇，妄人踹莫顾，他低吟起颇普的名句来。似曾相识的那许多石像，逼近去端详，退后来打量，或正面瞻仰，或旁行侧望，或碑文喃喃以沉吟，或警句津津而冥想，诗人虽一角，竟低回了两个小时。终于在褐色的老木椅上坐下来，背着哥尔德斯密斯的侧面浮雕，仰望着崇高的空间怔怔出神。6 世纪的英诗，巡礼两小时。那么多的形象，联想，感想，疲了，眼睛，酸了，肩颈，让心灵慢慢去调整。

最老的诗魂，是六百多岁的乔叟。诗人晚年贫苦，曾因负债被告，乃戏笔写了一首谐诗，向自己的阮羹诉穷。亨利四世读诗会意，加赐乔叟年俸。不到几个月，乔叟却病死在寺侧一小屋中，时为 1400 年 10 月 25 日。寺方葬他在寺之南翼，尸体则由东向的侧门抬入。但身后之事并未了结。原来乔叟埋骨圣殿，不是因为他是英诗开卷的大师，或什么“英诗之父”之类的名义——那都是后来的事——而是因为他做过朝官，当过宫中的工务总监，死前的寓所又恰是寺方所赁。七十多年后，凯克斯敦在南翼墙外装置了英国第一架印刷机，才向寺方请准在乔叟墓上刻石致敬，说明墓中人是一位诗人。又过了八十年的光景，英国人对自己的这位诗翁认识渐深，乃于 1556 年，把乔叟从德莱顿此时立像的地点，迁葬于今日游客所瞻仰的新墓。当时的诗人名布礼根者，更为他嵌立一方巨碑，横于硕大典丽的石棺之上，赫赫的诗名由是而彰。其后又过百年，大诗人德莱顿提出“英诗之父，或竟亦英诗之王”之说，乔叟的地位更见崇高。所谓寂寞身后事，看来也真不简单。盖棺之论难定，一个民族，有时要看上几十年几百年，才看得清自己的诗魂。

乔叟死后二百年，另一位诗人葬到西敏寺来。1598 年的圣诞前夕，斯宾塞从兵燹余烬的爱尔兰逃来伦敦，贫病交加，不到一月便死了。亲友遵他遗愿，葬他于乔叟的墓旁，他的棺木入寺，也是经由当年的同一道侧门。据说写诗吊他的诗友，当场即将所写的诗和所用的笔一齐投入墓中陪葬。直到 1620 年，杜赛特伯爵夫人才在他墓上立碑纪念，可见斯宾塞死时，诗名也不很隆。

其实盛名即如莎士比亚，盖棺之时，也不是立刻就被西敏寺接纳的。英国最伟大的诗人，死于 1616 年，却要等到 1740 年，在寺中才有石可托。1674 年弥尔顿死时，清教徒的革命早已失败，在政治上，弥尔顿是一个失势的叛徒。时人报道他的死讯，十分冷淡，只说他是“一个失明的老人，书写拉丁文件维生”。六十三年之后，他长发垂肩的半身像才高高俯临于诗人之隅。

西敏寺南翼这一角，成为名诗人埋骨之地，既始于乔叟与斯宾塞，到了18世纪，已经相沿成习。1711年，散文家艾迪生在《阅世小品》里已经称此地为“诗人之苑”，他说：“我发现苑中或葬诗人而未立其碑，或有其碑而未葬其人。”至于首先使用“诗人之隅”这名字的，据说是后来自己也立碑其间的哥尔德斯密斯。

诗人之隅的形成，是一个缓慢的传统而且不规则。说它是石砌的一部诗史吧，它实在建得不够严整。时间那盲匠运斤成风，鬼斧过处固然留下了骇目的神工，失手的地方也着实不少。例如石像罗列，重镇的诗魁文豪之间就缭绕着一缕缕虚魅游魂。有名无实，不，有石无名，百年后，犹飘飘浮浮没有个安顿。雪莱与济慈，有碑无像。柯勒律治有半身像而无碑。相形之下，普赖尔（Matthew Prior）不但供像立碑，而且天使环侍，独据一龛，未免大而无当了。至于沙德威尔（Thomas Shadwell）不但浮雕半身，甚且桂冠加顶，帷饰俨然，乍睹之下，不禁哑然失笑，想起的，当然是德莱顿那些断金削玉冷锋凛人的千古名句。德莱顿的讽刺诗犹如一块坚冰，沙德威尔冥顽的形象急冻冷藏在里面，透明而凝定。沙德威尔亦自有一种不朽，但这种不朽不是他自己光荣挣来的，是德莱顿给骂出来的，算是一种反面的永恒，否定的纪念吧。跟天才吵架，是没有多大好处的。

诗人之隅，不但是历代时尚的纪录，更是英国官方态度的留影。拜伦生前名闻全欧，时誉之隆，当然有资格在西敏寺中立石分土，但是他那叛徒的形象，法律、名教、朝廷，皆不能容，注定他是要埋骨异乡。浪漫派三位前辈都安葬本土，三位晚辈都魂游海外，叶飘飘而归不了根。拜伦死时，他的朋友霍普浩司出面呼吁，要葬他在西敏寺里而不得。其后一个半世纪，西敏寺之门始终不肯为拜伦而开。19 世纪末年，又有人提议为他立碑，为住持布瑞德礼所峻拒，引起一场论战。直到 1969 年 5 月，诗人之隅的地上才算为这位浪子奠了一方大理石碑，上面刻着："拜伦勋爵，1824 年逝于希腊之米索朗吉，享年三十六岁。"英国和她的叛徒争吵了一百多年，到此才告和解。激怒英国上流社会的，是一个魔鬼附身的血肉之躯，被原谅的，却是一堆白骨了。

本土的诗人，魂飘海外，一放便是百年，外国的诗客却高供在像座上，任人膜拜，是诗人之隅的另一种倒置。莎士比亚、弥尔顿、布莱克、拜伦，都要等几十年甚至百年才能进寺，新大陆的朗费罗，死后两年便进来了。丁尼生身后的柱石上，却是澳洲的二流诗人高登（A. L. Gordon）。颇普不在，他是天主教徒。洛里爵士也不在，他已成为西敏宫中的冤鬼。可是大诗人叶芝呢，他又在哪里？

甚至诗人之隅的名字，也发生了问题。南翼的这一带，鬼籍有多么零乱。有的鬼实葬在此地，墓上供着巍然的雕像，像座刻着堂皇的碑铭，例如德莱顿、约翰逊、江森。至于葬在他处的诗魂，有的在此只有雕像和碑铭，例如华兹华斯和莎翁，有的有像无碑，例如柯勒律治和斯考特，有的有碑无像，例如拜伦和奥登。

生前的遭遇不同，死后的待遇也相异，这些幽灵之中，附诗魂之外，尚有散文家、小说家、戏剧家、批评家、音乐家、学者、贵妇、僧侣和将军，诗人的一角也不尽归于诗人。大理石的殿堂，碑接着碑，雕像凝望着雕像，深刻拉丁文的记忆英文的玄想。圣乐绕梁，犹缭绕韩德尔的雕像。哈代的地碑毗邻狄更斯的地碑。麦考利偏头侧耳，听远处，历史迂缓的回音？巧舌的名伶，贾礼克那样优雅的手势，掀开的绒幕里，是哪一出悲壮的莎剧？

而无论是雄辩滔滔或情话喃喃，无论是风琴的圣乐起伏如海潮，大理石的听众，今天，都十分安宁，冷石的耳朵，白石的盲瞳，此刻都十分肃静。游客自管自来去，朝代自管自轮替，最后留下的，总是这一方方、一棱棱、一座座，坚冷凝重的大理白石。日磋月磨，不可磨灭的石精石怪永远祟着中古这厅堂。风晚或月夜，那边的老钟楼当当敲罢十二时，游人散尽，寺僧在梦魇里翻一个身，这时，石像们会不会全部醒来，可惊千百对眼瞳，在暗处矍矍眈眈，无声地旋转。被不朽罚站的立像，这时，也该换一换脚了。

因为古典的大理石雕像，在此地正如在他处一样，眼虽睁而无瞳如盲。传神尽在阿堵，画龙端待点睛。希腊人放过这灵魂的穴口，一任它空空茫茫面对着大荒，真是聪明，因为石像所视不是我们的世界，原不由我们向那盈寸间去揣摩，妄想。什么都不说的，说得最多。倚柱支颐，莎翁的立姿，俯首沉吟，华兹华斯的坐像，德莱顿的儒雅，弥尔顿的严肃。诗人之隅大大小小的石像，全身的，半身的，侧面浮雕的，全盲了那对灵珠，不与世间人的眼神灼灼相接。天人之间原应有一堵墙，哪怕是一对空眶。

> 死者的心声相通，以火焰为舌，
> 活人的语言远不可接。

所以隐隐他感到，每到午夜，这一对对伪装的盲睛，在暗里会全部活起来，空厅里一片明灭的青磷。但此刻正是半下午，寺门未闭，零落的游客三三两两，在厅上逡巡犹未去。

也就在此时，以为览尽了所有的石魂，一转过头去，布莱克的青铜半身像却和他猛打个照面！刚强坚硬的圆头颅光光，额上现两三条纹路像凿在绝壁上，眉下的岩穴深深，睁两只可怖的眼睛，瞳孔漆漆黑，那眼神惊愕地眺出去，像一层层现象的尽头骤见到，预言里骇目的远景，不忍注目又不能不逼视。雕者亦惊亦怒，铜像亦怒亦惊，鼻脊与嘴唇紧闭的棱角，阴影，塑出瘦削的颊骨沉毅的风神。更瘦更刚是肩胛骨和宽大的肩膀，头颅和颈项从其上挺起矗一座独立的顽岗。先知就是那样。先知的眼睛是两个火山口，近处的空气都怕被灼伤。惶惶然他立在那铜像前，也怕被灼伤又希望被灼伤。于是四周的石像都显得太驯服太乖太软弱太多脂肪，锁闭的盲瞳与盲瞳之间唯有这铜像瞋目而裂眦。古典脉脉。现代眈眈。

铜像是艾普斯坦的杰作。千座百座都兢兢仰望过，没一座令他悸栗震动像这座。布莱克默默奋斗了一生，老而更贫，死后草草埋彭山的荒郊，墓上连一块碑也未竖。生前世人都目他为狂人，现在，又追认他为浪漫派的先驱大师，既叹其诗，复惊其画。艾普斯坦的雕塑，粗犷沉雄出于罗丹，每出一品，辄令观者骇怪不安。这座青铜像是他死前两年的力作，那是1957年，来供于诗人之隅，正是布莱克诞生的两百周年。承认一位天才，有时需要很久的时间。

诗人之隅虽为传统的圣地，却也为现代而开放。现代诗人在其中有碑题名者，依生年先后，有哈代、吉普林、梅士菲尔、艾略特、奥登。如以对现代诗坛的实际影响而言，则尚有布莱克与霍普金斯。除了布莱克立有雕像之外，其他六人的长方形石碑都嵌在地上。年代愈晚，诗人之隅要供置石像便愈少空间，鬼满为患，后代的诗魂只好委屈些，平铺在地板上了。哈代的情形最特别：他之入葬西敏寺，小说家的身份恐大于诗名，同时，葬在寺里，是他的骨灰，而他的心呢，却照他遗嘱所要求，是埋在多切斯特的故乡。艾略特和奥登，死后便入了诗人之隅，足证两人诗名之盛，而英国的政教也不厚古人而薄今人，奥登是入寺的最后一人。他死于1973年9月，葬在奥地利。第二年10月，他的地碑便在西敏寺揭幕，由桂冠诗人贝吉曼献上桂冠。

下一位可轮到贝吉曼自己？奥登死时才六十六岁，贝吉曼今年却已过七十。他从东方一海港来乔叟和莎翁的故乡，四十多国的作家也和他一样，自热带自寒带的山城与水港，济慈的一笺书，书中的一念信仰，群彦倜傥要仔细参详。七天前也是一个下午，他曾和莎髯的诗苗诗裔分一席讲坛；右侧是白头怒发鹰颜矍然的史班德，再右，是清瘦而易愠的罗威尔，半被他挡住的，是贝吉曼好脾气的龙钟侧影。罗威尔是美国人，虽然西敏寺收纳过朗费罗、亨利·詹姆斯、艾略特等几位美国作家，看来诗人之隅难成为他的永久户籍。然则史班德的鹰隼，贝吉曼的龙钟，又如何？两人都有可能，贝吉曼的机会也许更大，但两人都不是一代诗宗。史班德崛起于30年代，一度与奥登齐名，并为牛津出身的左翼诗人。四十年的文坛和政局，尘土落定，愤怒的牛津少年，一回头已成历史——出征时那批少年誓必反抗法西斯追随马克思，到半途旗摧马蹶壮士齐回头，遥挥手，别了那炫目而不验的神。The God That Failed！奥登去花旗下，作客在山姆叔叔家，弗洛伊德，克尔恺郭尔，一路拜回去回到耶稣。戴路易斯继梅士菲尔做桂冠诗人，死了已四年。麦克尼斯做了古典文学教授，进了英国广播公司，作古已十三载。牛津四杰只剩下茕茕这一人，老矣。白发皑皑的诗翁坐在他右侧，喉音苍老迟滞中仍透出了刚毅。四十年来，一手挥笔，一手麦克风，从加入共产党到诀别马列，文坛政坛耗尽了此生。而缪斯呢，是被他冷落了，二十年来已少见他新句。诗名，已落在奥登下，传诵众口又不及贝吉曼，史班德最后的地址该不是西敏寺。诗人之隅，当然也不是缪斯的天秤，铢两悉称能鉴定诗骨的重轻，里面住的诗魂，有一些，不如史班德远甚。诗人死后，有一块白石安慰荒土，也就算不寂寞了，有一座大教堂峥嵘而高，广蔽历代的诗魂把栩栩的石像萦绕，当然更美好。但一位诗人最大的安慰，是他的诗句传诵于后世，活在发烫的唇上快速的血里，所谓不朽，不必像大理石那样冰凉。

可是那天下午，南翼那高挺的石柱下坐着，四周的雕像那么宁静地守着，他回到寺深僧肃的中世纪悠悠，缓缓地他仰起脸来仰起来，那样光灿华美的一扇又一扇玻璃长窗更上面，猗猗盛哉是倒心形的蔷薇巨窗，天使成群比翼在窗口飞翔。耿耿诗魂安息在这样的祝福里，是可羡的。19世纪初年，华兹华斯的血肉之身还没有僵成冥坐的石像，丁尼生、勃朗宁犹在孩提的时代，这座哥特式的庞大建筑已经是很老很老了——烟熏石黑，七色斑斑黑线勾勒的厚窗蔽暗了白昼。涉海来拜的伊尔文所见的西敏寺，是“死神的帝国：死神冠冕俨然，坐镇他宏伟而阴森的宫殿，笑傲人世光荣的遗迹，把尘土和遗忘满布在君王的碑上”。今日的西敏寺，比伊尔文凭吊时更老了一百多岁，却已大加刮磨清扫：雕门镂扉，铜像石碑，色彩凡有剥落，都细加髹绘，玻璃花窗新镶千扇，烛如复瓣的大吊灯，一蕊蕊一簇簇从高不可仰的屋顶拱脊上一落七八丈当头悬下来，隐隐似空中有缥缈的圣乐，啊这永生的殿堂。

对诗人自己说来，诗，只是生前的浮名，徒增扰攘，何足疗饥，死后即使有不朽的远景如蜃楼，墓中的白骸也笑不出声来。正如他，在一个半岛的秋夜所吟：

倘那人老去还不忘写诗
灯就陪他低诵又沉吟
身后事付乱草与繁星

但对于一个民族，这却是千秋的盛业，诗柱一折，文庙岌岌乎必将倾。无论如何，西敏寺能辟出这一隅来招诗魂，供后人仰慕低回，挹不老桂枝之清芳，总是多情可爱的传统。而他，迢迢自东方来，心香一缕，来爱德华古英王的教堂，顶礼的不是帝后的陵寝与偃像，世胄的旌旗，将相的功勋，是那些漱齿犹香触舌犹烫的诗句和句中吟啸歌哭的诗魂。怅望异国，萧条异代，伤心此时。深阒隔世的西敏古寺啊。寺门九重石壁外面是现代。卫星和巨无霸，Honda 和 Minolta 的现代。车塞于途，人囚于市，鱼死于江海的现代。所有的古迹都陷落，蹂躏于美国的旅行团去后又来日本的游客。天罗地网，难逃口号与广告的噪音。月球可登火星可探而有面墙不可攀有条小河不可渡的现代。但此刻，他感到无比的宁静。一切乱象与噪音，纷繁无定，在诗人之隅的永寂里，都已沉淀，留给他的，是一个透明的信念，坚信一首诗的沉默比所有的扩音器加起来更清晰，比机枪的口才野炮的雄辩更持久。坚信文字的冰库能冷藏最烫的激情最新鲜的想象。时间，你带得走歌者带不走歌。

西敏寺乃消灭万籁释尽众嫌的大堂，千载宿怨在其中埋葬，史家麦科利如此说。此地长眠的千百鬼魂，碑石相接，生前为敌为友，死后相伴相邻，一任慈蔼的遗忘覆盖着，混沌沌而不分。英国的母体一视同仁，将他们全领了回去，冥冥中似乎在说："唉，都是我孩子，一起都回来吧，愿一切都被饶恕。"弥尔顿革命失败，死犹盲眼之罪人。布莱克殁时，忙碌的伦敦太忙碌，浑然不知。拜伦和雪莱，被拒于家岛的门外，悠悠游魂无主，流落在南欧的江湖。有名的野鬼阴魂总难散，最后是母土心软，一一招回了西敏寺去。到黄昏，所有的鸦都必须归塔。诗人的南翼对公侯的北堂，月桂擎天，同样是为栋为梁，西敏寺兼容的传统是可贵的。他想起自己的家渺渺在东方，昆仑高，黄河长，一百条泰晤士的波涛也注不满长江，他想起自己的家里激辩正高昂，仇恨，是人人上街佩戴的假面，所有的扩音器蝉噪同一个单腔单调，桂叶都编成扫帚，标语贴满屈原的额头。

出得寺来，伦敦的街上已近黄昏，八百万人的红尘把他卷进去，汇入浮光掠影的街景。这便是肩相摩踵相接古老又时新的伦敦，西敏寺中的那些鬼魂，用血肉之身爱过，咒过，闹过的名城。这样的街上曾走过孙中山、丘吉尔、马克思，当伦敦较小较矮，满地是水塘，更走过女王的车辇和红氅披肩的少年。四百年后，执节戴冕的是另一个伊丽莎白在白金汉宫，但谁是锦心绣口另一个威廉？在一排犹青的枫树下他回过头去。那灰扑扑的西敏寺，和更为魁伟的国会，夕照里，峻拔的钟楼，高高低低的尖塔纤顶，正托着天色迴蓝和云影轻轻。他向前走去，沿着一排排黑漆的铁栅长栏，然后是斑马线和过街的绿灯，红圈蓝杠的地下车标志下，七色鲜丽的报摊水果摊，纪念品商店的橱窗里，一列列红衣黑裤的卫兵，玻璃上映出的却是两个警伯的侧像，高盔岌岌而束颈。他沿着风车堤缓缓向南走，逆着泰晤士河的东流，看不厌堤上的榆树，树外的近桥和远桥，过桥的双层红巴士，游河的白艇。

——水仙水神已散尽，

泰晤士河啊你悠悠地流，我歌犹未休。

从豪健的乔叟到聪明的奥登，一江东流水奶过多少代诗人？而他的母奶呢，奶他的汨罗江水饮他的淡水河呢？那年是中国大地震西欧大旱的一年，整个英伦在喘气，惴惴于二百五十年未见的苦旱。圣杰姆斯公园和海德公园的草地，枯黄一片，恰如艾略特所预言，长靠背椅上总有三两个老人，在亢旱的月份枯坐待雨。而就在同时一场大台风，把小小的香港旮成旋转的陀螺，暴雨急湍，冲断了九广铁路。那晚是他在伦敦最后的一晚，那天是 8 月最后的一天。一架波音 707 在盖特威克机场等他，不同的风云在不同的领空，东方迢迢，是他的起点和终点。他是西征倦游的海客，一颗心惦着三处的家：一处是新窝，寄在多风的半岛；一处是旧巢，偎在多雨的岛城，多雨而多情；而真正的一处那无所不载的后土，倒显得生疏了，纵乡心是铁砧也经不起三十载的捶打捶打，怕早已忘了他吧，虽然他不能忘记。

当晚在旅馆的台灯下，他这样结束自己的日记：“这世界，来时她送我两件礼物，一件是肉身，一件是语文。走时，这两件都要还她，一件，已被我用坏，连她自己也认不出来，另一件我愈用愈好，还她时比领来时更活更新。纵我做她的孩子有千般不是，最后我或许会被宽恕，欣然被认作她的孩子。”

1976 年 10 月追记

满亭星月

关山西向的观海亭，架空临远，不但梁柱工整，翼然有盖，而且有长台伸入露天，台板踏出古拙的音响，不愧为西望第一亭。首次登亭，天色已晚，阴云四布，日月星辰一概失踪，海，当然还在下面，浩瀚可观。再次登亭，不但日月双圆，而且满载一亭的星光。小小一座亭子，竟然坐览沧海之大，天象之奇，不可不记。

那一天重到关山，已晡未暝，一抹横天的灰霭遮住了落日。亭下的土场上停满了汽车、摩托车，还有一辆游览巴士。再看亭上，更是人影杂沓，衬着远空。落日还没落，我们的心却沉落了。从高雄南下的途中，天气先阴后晴，我早就担心那小亭有人先登，还被宓宓笑为患得患失。但眼前这小亭客满的一幕，远超过我的预期。

同来的四人尽皆失望，只好暂时避开亭子，走向左侧的一处悬崖，观望一下。在荒芜乱草之间，宓宓和钟玲各自支起三脚高架，调整镜头，只等太阳从霭幕之后露脸。摄影，是她们的新好癖（hobby），颇受高岛的鼓舞。两人弯腰就架，向寸镜之中去安排长天与远海，准备用一条水平线去捕落日。那姿势，有如两只埋首的鸵鸟。我和维梁则徘徊于鸵鸟之间，时或踯躅崖际，下窥一落百尺的峭壁与峻坡，尝尝危险边缘的股栗滋味。

暮霭开处，落日的火轮垂垂下坠，那颜色，介于橘红之间，因为未能断然挣脱霭氛，光彩并不十分夺目，火轮也未见剧烈滚动。但所有西望的眼睛却够兴奋的了。两只鸵鸟连忙捕捉这名贵的一瞬，亭上的人影也骚动起来。十几分钟后，那一球橘红还来不及变成酡红，又被海上渐浓的灰霭遮拥而去。这匆匆的告别式不能算是高潮，但黄昏的主角毕竟谢过幕了。

“这就是所谓的关山落日。”宓宓对维梁说。

“西子湾的落日比这壮丽多了，”我说，“又红又圆，达于美的饱和。就当着你面，一截截，被海平面削去。最后一截也沉没的那一瞬，真恐怖，宇宙像顿然无主。”

“你看太阳都下去了，”钟玲怨道，“那些人还不走。”

“不用着急，”我笑笑说，“再多的英雄豪杰，日落之后，都会被历史召去。就像户外的顽童一样，最后，总要被妈妈叫回去吃晚饭的。”

于是我们互相安慰，说晚饭的时间一到，不怕亭上客不相继离开。万一有人带了野餐来呢？“不会的，亭上没有灯，怎么吃呢？”

灰霭变成一抹红霞，烧了不久，火势就弱了下去。夜色像一只隐形的大蜘蛛在织网，一层层暗了下来。游览巴士一声吼，亭上的人影晃动，几乎散了一半。接着是摩托车暴烈的发作，一辆尾衔着一辆，也都窜走了。扰攘了一阵之后，奇迹似的，留下一座空亭给我们。

一座空亭，加上更空的天和海，和崖下的几里黑岸。

我们接下了亭子，与海天相通的空亭，也就接下了茫茫的夜色。整个宇宙暗下来，只为了突出一颗黄昏星吗？

“你看那颗星，”我指着海上大约二十度的仰角，“好亮啊，一定是黄昏星了。比天狼星还亮。”

“像是为落日送行。”钟玲说。

“又像夸父在追日。”维梁说。

“黄昏星是黄昏的耳环，”宓宓不胜羡慕，“要是能摘来戴一夜就好了。”

“落日去后，留下晚霞。”我说，“晚霞去后，留下众星。众星去后——”

“你们听，海潮。”宓宓打断我的话。

一百五十公尺之下，半里多路的岸外，传来浑厚而深沉的潮声，大约每隔二十几秒钟就退而复来，那间歇的骚响，说不出海究竟是在叹气，还是在打鼾，总之那样的肺活量令人惊骇。更说不出那究竟是音乐还是噪音，无论如何，那野性的单调却非常耐听。当你侧耳，那声音里隐隐可以参禅，悟道，天机若有所示。而当你无心听时，那声音就和寂静浑然合为一体，可以充耳不闻。现代人的耳朵饱受机器噪音的千灾百劫，无所逃于都市之网；甚至电影与电视的原野镜头，也躲不过粗糙而嚣张的配音。录音技巧这么精进，为什么没有人把海潮的天籁或是青蛙、蟋蟀的歌声制成录音带，让向往自然而不得亲近的人在似真似幻中陶然入梦呢？

正在出神，一道强光横里扫来，接着是车轮辗地的声音，高岛来了。

“你真是准时，高岛。”钟玲走下木梯去迎接来人。

“正好6点半，”宓宓也跟下去，“晚餐买来了吗？”

两个女人帮高岛把晚餐搬入亭来。我把高岛介绍给维梁。大家七手八脚在亭中的长方木桌上布置食品和餐具，高岛则点亮了强力瓦斯灯，用一条宽宽的帆布带吊在横梁上。大家在长条凳上相对坐定，兴奋地吃起晚餐来。原来每个人两盒便当，一盒是热腾腾的白饭，另一盒则是排骨肉、卤蛋和咸菜。高岛照例取出白兰地来，为每人斟了一杯。不久，大家都有点脸红了。

“你说6点半到就6点半到，真是守时。”我向高岛敬酒。

“我5点钟才买好便当从高雄出发呢，”高岛说着，得意地呵呵大笑，“一个半钟头就到了。”

“当心超速罚款。”宓宓说。

“台湾的公路真好，”维梁喝一口酒说，“南下垦丁的沿海公路四线来去，简直就是高速大道，岂不是引诱人超速吗？”

“这高雄以南渐入佳境，可说是另成天地，”我自鸣得意了，“等明天你去过佳乐水、跳过迷石阵再说。你回去后，应该游说述先、锡华、朱立他们，下次一起来游垦丁。”

高岛点燃瓦斯炉，煮起工夫茶来。大家都饱了，便起来四处走动。终于都靠在面西的木栏杆上，茫然对着空无的台湾海峡。黄昏星更低了，柔亮的金芒贴近水面。

“那颗星那样回顾着我们，”钟玲近乎叹息地说，“一定有它的用意，只是我们看不透。”

“你们看，”宓宓说，“黄昏星的下面，海水有淡幽幽的倒影。那儿，飘飘忽忽地，若有若无，像曳着一条反光的尾巴——”

“真的，”我说着，向海面定神地望了一会，“那是因为今晚没风，海面平静，倒影才稳定成串。要是有风浪，就乱掉了。”

不知是谁“咦”的一声轻微的惊诧，引得大家一起仰面。天哪，竟然有那么多星，神手布棋一样一下子就布满了整个黑洞洞的夜空，斑斑斓斓那么多的光芒，交相映照，闪动着恢恢天网的，喔，当顶罩来的一丛丛银辉。是谁那么阔，那么气派，夜夜，在他的大穹顶下千蕊吊灯一般亮起那许多的星座？而尤其令人惊骇莫名的，是那许多猬聚的银辉金芒，看起来热烈，听起来却冷清。那么宏观，唉，壮观的一大启示，却如此静静地向你开展。明明是发生许多奇迹了，发生在那么深长的空间，在全世界所有的塔尖上屋顶上旗杆上，却若无其事地一声也不出。因为这才是永谜的面具，宇宙的表情，果真造物有主，就必然在其间或者其后了吧。这就是至终无上的图案，一切的封面也是封底，只有它才是不朽的，和它相比，世间的所谓千古杰作算什么呢？在我生前，千万万年，它就是那样子了，而且一直会保持那样子，到我死后，复千万万年。此事不可思议，思之令人战栗而发颠。

“从来没有见过这么多星。”宓宓呆了半晌说道。

“这亭子又高又空，周围几里路什么灯也没有，”高岛煮好茶，也走来露台上，“所以该见到的星都出现了。我有时一个人躺在海边的太平石上仰头看星，呵，令人晕眩呢。”

“啊，流星——”宓宓失声惊呼。

“我也看到了！”维梁也叫道。

“不可思议，”钟玲说，“这星空永远看不懂，猜不透，却永远耐看。”

“你知道吗？”我说，“这满天星斗并列在夜空，像是同一块大黑板上的斑斑白点，其实，有的是远客，有的是近邻。这只是比较而言，所谓近邻，至少也在四个光年以外——”

“四个光年？”高岛问。

“就是光在空间奔跑四年的距离。”维梁说。

“太阳光射到我们眼里，大约八分钟，照算好了，”我说，“至于远客，那往往离我们几百甚至几千光年。也就是说，眼前这些众星灿以繁，虽然同时出现，它们的光向我们投来，却长短参差，先后有别。譬如那天狼星吧，我们此刻看见的其实是它八年半以前的样子。远的星光，早在李白甚至老子的时代就动身飞来了——”

“哎哟，不可思议！”钟玲叹道。

“那一颗是天狼星吧？”维梁指着东南方大约四十多度的仰角说。

“对啊，”宓宓说，“再上去就是猎户座了。”

“究竟猎户座是哪些星？”钟玲说。

“喏，那三颗一排，距离相等，就是猎人的腰带。”宓宓说。

“跟它们这一排直交而等距的两颗一等星，”我说，“一左一右，气象最显赫的是，你看，左边的参宿四和右边的参宿七——”

“参商不相见。”维梁笑道。

“哪里是参宿四？”钟玲急了，“怎么找不到？”

“喏，红的那颗。”我说。

“参宿七呢？”钟玲说。

“右边那颗，青闪闪的。”宓宓说。

“青白而晶明，英文叫Rigel，海明威在《老人与海》里特别写过。喏，你拿望远镜去看。”

钟玲举镜搜索了一会，咯咯笑道：“镜头晃来晃去，所有的星全像虫子一样扭动，真滑稽！到底在哪——喔，找到了！像宝石一样，一红、一蓝。那颗艳红的，呃，参宿四，一定是火热吧？”

“恰恰相反，”我笑起来，“红星是氧气烧光的结果，算是晚年了。蓝星却是旺盛的壮年。太阳已经中年了，所以发金黄的光。”

“有没有这回事啊？”宓宓将信将疑。

“骗人！”钟玲也笑起来。

“信不信随你们，自己可以去查天文书啊，”我说，“那儿，天顶心就有一颗赫赫的橘红色一等星，绰号金牛眼，the Bull’s Eye。看见了没有？不用望远镜，只凭肉眼也看得见的——”

“就在正头顶，”维梁说，“鲜艳极了。”

“这金牛的红眼火睛英文叫 Aldebaran，是阿拉伯人给取的名字，意思是追踪者。Al 只是冠词，debaran 意为‘追随’。阿拉伯人早就善观天文，西方不少星的名字就是从阿拉伯人来的。”

“据说埃及和阿拉伯的天文学都发达得很早。”维梁说。

“也许是沙漠里看星，特别清楚的关系。”宓宓说。

大家都笑了。

钟玲却说：“有道理啊，空气好，又没有灯，像关山一样……不过，阿拉伯人为什么把金牛的火睛叫作追踪者呢？追什么呢？”

“追七姊妹呀。”我说。

“七姊妹在哪里？”高岛也感到有兴趣了。

“就在金牛的前方，”我说，“喏，大致上从天狼星起，穿过猎户的三星腰带，画一条直线，贯穿金牛的火睛，再向前伸，就是七姊妹了——”

“为什么叫七姊妹呢？”两个女人最关心。

“传说原是巨人阿特力士和水神所生。七颗守在一堆，肉眼可见——”我说。

“啊，有了，”钟玲高兴地说，“可是——只见六颗。”高岛和维梁也说只见六颗。

“我见到七颗呢。”宓宓得意地说。

高岛向钟玲手里取过望远镜，向穹顶扫描。

“其中一颗是暗些，”我说，“据说有一个妹妹不很乖，躲了起来了——”

“又在即兴编造了。”宓宓笑骂道。

“真是冤枉，”我说，“自己不看书，反说别人乱编。其实，天文学入门的小册子不但有知性，更有感性，说的是光年外的事，却非常多情。我每次看，都感动不已——”

“啊，找到了，找到了！”高岛叫起来，“一大堆呢，岂止七颗，十几颗。啊，漂亮极了。”他说着，把望远镜又传给维梁。维梁看了一会，传给钟玲。

“颈子都扭酸了，”钟玲说，“我不看了。”

“进亭子里去喝茶吧。”宓宓说。

大家都回到亭里，围着厚笃笃的方木桌，喝起冻顶乌龙，嚼起花生来。夜凉逼人，岑寂里，只有陡坡下的珊瑚岩岸传来一阵阵潮音，像是海峡在梦中的脉搏，声动数里。黄昏星不见了，想是追落日而俱没，海峡上昏沉沉的。

“虽然冷下来了，幸好无风。”钟玲说。

忽然一道剽悍的巨光，瀑布反泻一般，从岸边斜扫上来，一下子将我们淹没。惊愕回顾之间，说时迟，那时快，又忽然把光瀑猛收回去。

“是岸边的守卫。”从眩目中定过神来，高岛说。

“吓了我一跳。”钟玲笑道。

“以为我们是私枭吧，照我们一下。”宓宓说。

“要真是歹徒的话，”高岛纵声而笑，“啊，早就狼狈而逃了，还敢坐在这里喝冻顶乌龙？”

“也许他们是羡慕我们，或者只是打个招呼吧。”维梁说。

“其实他们可以用高倍的望远镜来监视我们，”宓宓说，“我们又不是——咦，你们看山上！”

大家齐回过头去。后面的岭顶，微明的天空把起伏参差的树影反托得颇为突出。天和山的接界，看得出有珠白的光从下面直泛上来，森森的树顶越来越显著了，夜色似有所待。

“月亮要出来了！”大家不约而同都叫起来。

“今天初几？”宓宓问。

“三天前是元宵，”维梁说，“——今天是十八。”

“那，月亮还是圆的，太好了。”钟玲高兴地说。

于是大家都盼望起来，情绪显然升高。岭上的白光越发涨泛了，一若脚灯已亮而主角犹未上场，令人兴奋地翘企。高岛索性把悬在梁上的瓦斯灯熄掉，准备迎月。不久，纠结的树影开出一道缺口，银光迸溢之处，一线皎白，啊不，一弧清白冒了上来。

“出来了，出来了。”大家欢呼。

不负众望，一番腾滚之后终于跳出那赤露的冰轮。银白的寒光拂满我们一脸，直泻进亭子里来，所有的栏柱和桌凳都似乎浮在光波里。大家兴奋地拥向露天的长台，去迎接新生的明月。钟玲把望远镜对着山头，调整镜片，窥起素娥的隐私来。宓宓赶快撑起三脚架，朝脉脉的清辉调弄相机。维梁不禁吟哦张九龄的句子：

灭烛怜光满，披衣觉露滋……

钟玲问我要不要“窥月”，把望远镜递给了我。

“清楚得可怕，简直缺陷之美。”她说。

“不能多看，”宓宓警告大家，“虽然是月光，也会伤眼睛的。”

我把双筒对准了焦距，一球水晶晶的光芒忽然迎面滚来，那么硕大而逼真，当年在奔月的途中，嫦娥，一定也见过此景的吧？伸着颈，仰着头，手中的望远镜无法凝定，镜里的大冰球在茫茫清虚之中更显得飘浮而晃荡。就这么永远流放在太空，孤零零地旋转着荒凉与寂寞。日月并称，似乎匹配成一对。其实，地球是太阳的第三子，月球却是地球的独女，要算是太阳的孙女了。这羞怯的孙女，面容虽然光洁丰满，细看，近看，尤其在望远镜中，却是个麻脸美人——

“真像个雀斑美人。”宓宓对着三脚架顶的相机镜头赞叹道。

“对啊，一脸的雀斑。”我连忙附和，同时对刚才的评断感到太唐突素娥。

“古人就说成桂影吧。”维梁说。

“今人说成陨星穴和环形山。”我应道。

“其实呢，月亮是一面反光镜。”宓宓说。

“对呀，一面悬空的反光镜，把太阳的黄金翻译成白银。”钟玲接口。

“说得好！说得好！”高岛纵声大笑。

“这望远镜好清楚啊，”我说，“简直一下子就飞纵到月亮的面前，再一纵就登上冰球了。要是李白有这么一架望远镜——”

“他一定兴奋得大叫起来！”维梁笑说。

“你看，在月光里站久了，”我说，“什么东西都显得好清楚。宋朝诗人苏舜钦说得好：‘自视直欲见筋脉，无所逃遁鱼龙忱。’海上，一定也是一片空明了。”

“你们别尽对着山呀！这边来看海！”宓宓在另一边栏杆旁叫大家。

空茫茫的海面，似有若无，流泛着一片淡淡的白光，照出庞然隆起的水弧。月亮虽然是太阳的回光返照，却无意忠于阳光。她所投射的影子只是一场梦。远远地在下方，台湾海峡笼在梦之面纱里，那么安宁，不能想象还有走私客和偷渡者出没其间。

“你们看，海面上有一大片黑影。”宓宓说。大家吓了一跳，连忙向水上去辨认。

“不是在海上，是岸上。”高岛说。

陡坡下面，黑漆漆的珊瑚礁岸上，染了一片薄薄的月光。但靠近坡脚下，影影绰绰，却可见一大片黑影，那起伏的轮廓十分暧昧。

“那是什么影子呢？”大家都迷惑了。

“——那是，啊，我知道了，”钟玲叫起来，“那是后面山头的影子！”

“毛茸茸的，是山头的树林。”宓宓说。

“那……我们的亭子呢？”维梁说。

“让我挥挥手看。”高岛说着，把手伸进皎洁的月光，挥动起来。

于是大家都伸出手臂，在造梦的月光里，向永不歇息的潮水挥舞起来。

1987 年 3 月 7 日

假如我有九条命

假如我有九条命，就好了。

一条命，就可以专门应付现实的生活。苦命的丹麦王子说过："既有肉身，就注定要承受与生俱来的千般惊扰。"现代人最烦的一件事，莫过于办手续；办手续最烦的一面莫过于填表格。表格愈大愈好填，但要整理和收存，却愈小愈方便。表格是机关发的，当然力求其小，于是申请人得在四根牙签就塞满了的细长格子里，填下自己的地址。许多人的地址都是节外生枝，街外有巷，巷中有弄，门牌还有几号之几，不知怎么填得进去。这时填表人真希望自己是神，能把须弥纳入芥子，或者只要在格中填上两个字：天堂。一张表填完，又来一张，上面还有密密麻麻的各条说明，必须皱眉细阅。至于照片、印章，以及各种证件的号码，更是缺一不可。于是半条命已去了，剩下的半条勉强可以用来回信和开会，假如你找得到相关的来信，受得了邻座的烟熏。

一条命，有心留在台北的老宅，陪伴父亲和岳母。父亲年逾九十，右眼失明，左眼不清。他原是最外倾好动的人，喜欢与乡亲契阔谈宴，现在却坐困在半昧不明的寂寞世界里，出不得门，只能追忆冥隔了二十七年的亡妻，怀念分散在外地的子媳和孙女。岳母也已过了八十，五年前断腿至今，步履不再稳便，却能勉力以蹒跚之身，照顾旁边的蒙眬之人。她原是我的姨母，家母亡故以来，她便迁来同住，主持失去了主妇之家的琐务，对我的殷殷照拂，情如半母，使我常常感念天无绝人之路，我失去了母亲，神却再补我一个。

一条命，用来做丈夫和爸爸。世界上大概很少有全职的丈夫，男人忙于外务，做这件事不过是兼差。女人做妻子，往往却是专职。女人填表，可以自称“主妇”(housewife)，却从未见过男人自称“主夫”(house husband)。一个人有好太太，必定是天意，这样的神恩应该细加体会，切勿视为当然。我觉得自己做丈夫比做爸爸要称职一点，原因正是有个好太太。做母亲的既然那么能干而又负责，做父亲的也就乐得“垂拱而治”了。所以我家实行的是总理制，我只是合照上那位俨然的元首。四个女儿天各一方，负责通信、打电话的是母亲，做父亲的总是在忙别的事情，只在心底默默怀念着她们。

一条命，用来做朋友。中国的“旧男人”做丈夫虽然只是兼职，但是做起朋友来却是专任。妻子如果成全丈夫，让他仗义疏财，去做一个漂亮的朋友，“江湖人称小孟尝”，便能赢得贤名。这种有友无妻的作风，“新男人”当然不取。不过新男人也不能遗世独立，不交朋友。要表现得“够朋友”，就得有闲、有钱，才能近悦远来。穷忙的人怎敢放手去交友？我不算太穷，却穷于时间，在“够朋友”上面只敢维持低姿态，大半仅是应战。跟身边的朋友打完消耗战，再无余力和远方的朋友隔海越洲，维持庞大的通讯网了。演成近交而不远攻的局面，虽云目光如豆，却也由于鞭长莫及。

一条命，用来读书。世界上的书太多了，古人的书尚未读通三卷两帙，今人的书又汹涌而来，将人淹没。谁要是能把朋友题赠的大著通通读完，在斯文圈里就称得上是圣人了。有人读书，是纵情任性地乱读，只读自己喜欢的书，也能成为名士。有人呢，是苦心孤诣地精读，只读名门正派的书，立志成为通儒。我呢，论狂放不敢做名士，论修养不够做通儒，有点不上不下。要是我不写作，就可以规规矩矩地治学；或者不教书，就可以痛痛快快地读书。假如有一条命专供读书，当然就无所谓了。

书要教得好，也要全力以赴，不能随便。老师考学生，毕竟范围有限，题目有形。学生考老师，往往无限又无形。上课之前要备课，下课之后要阅卷，这一切都还有限。倒是在教室以外和学生闲谈问答之间，更能发挥“人师”之功，在“教”外施“化”。常言“名师出高徒”，未必尽然。老师太有名了，便忙于外务，席不暇暖，怎能即之也温？倒是有一些老师“博学而无所成名”，能经常与学生接触，产生实效。

另一条命应该完全用来写作。台湾作家极少是专业的，大半另有正职。我的正职是教书，幸而所教与所写颇有相通之处，不至于互相排斥。以前在台湾，我日间教英文，夜间写中文，颇能并行不悖。后来在香港，我日间教 30 年代文学，夜间写 80 年代文学，也可以各行其是。不过艺术是需要全神投入的活动，没有一位兼职然而认真的艺术家不把艺术放在主位。鲁本斯任荷兰驻西班牙大使，每天下午在御花园里作画。一位侍臣在园中走过，说道："哟，外交家有时也画几张画消遣呢。"鲁本斯答道："错了，艺术家有时为了消遣，也办点外交。"陆游诗云："看渠胸次隘宇宙，惜哉千万不一施。空回英概入笔墨，生民清庙非唐诗。向令天开太宗业，马周遇合非公谁？后世但作诗人看，使我抚几空嗟咨。"陆游认为杜甫之才应立功，而不应仅仅立言，看法和鲁本斯正好相反。我赞成鲁本斯的看法，认为立言已足自豪。鲁本斯所以传后，是由于他的艺术，不是他的外交。

一条命，专门用来旅行。我认为没有人不喜欢到处去看看：多看他人，多阅他乡，不但可以认识世界，亦可以认识自己。有人旅行是乘豪华邮轮，谢灵运再世大概也会如此。有人背负行囊，翻山越岭。有人骑自行车环游天下。这些都令我羡慕。我所愿为的，却是驾车长征，去看天涯海角。我的太太比我更爱旅行，所以夫妻两人正好互做旅伴，这一点只怕徐霞客也要艳羡。不过徐霞客是大旅行家、大探险家，我们，只是浅游而已。

最后还剩一条命，用来从从容容地过日子，看花开花谢，人往人来，并不特别要追求什么，也不被"截止日期"所追迫。

1985 年 7 月 7 日《联合报·联合副刊》

我的四个假想敌

二女幼珊在港参加侨生联考，以第一志愿分发台大外文系。听到这消息，我松了一口气，从此不必担心四个女儿通通嫁给广东男孩了。

我对广东男孩当然并无偏见，在港六年，我班上也有好些可爱的广东少年，颇讨老师的欢心，但是要我把四个女儿全都让那些“靓仔”“叻仔”掳掠了去，却舍不得。不过，女儿要嫁谁，说得洒脱些，是她们的自由意志，说得玄妙些呢，是姻缘，做父亲的又何必患得患失呢？何况在这件事上，做母亲的往往位居要冲，自然而然成了女儿的亲密顾问，甚至亲密战友，作战的对象不是男友，却是父亲。等到做父亲的惊醒过来，早已腹背受敌，难挽大势了。

在父亲的眼里，女儿最可爱的时候是在十岁以前，因为那时她完全属于自己。在男友的眼里，她最可爱的时候却在十七岁以后，因为这时她正像毕业班的学生，已经一心向外了。父亲和男友，先天上就有矛盾。对父亲来说，世界上没有东西比稚龄的女儿更完美的了，唯一的缺点就是会长大，除非你用急冻术把她久藏，不过这恐怕是违法的，而且她的男友迟早会骑了骏马或摩托车来，把她吻醒。

我未用太空舱的冻眠术，一任时光催迫，日月轮转，再揉眼时，怎么四个女儿都已依次长大，昔日的童话之门“砰”地一关，再也回不去了。四个女儿，依次是珊珊、幼珊、佩珊、季珊。简直可以排成一条珊瑚礁。珊珊十二岁的那年，有一次，未满九岁的佩珊忽然对来访的客人说：“喂，告诉你，我姐姐是一个少女了！”在座的大人全笑了起来。

曾几何时，惹笑的佩珊自己，甚至最幼稚的季珊，也都在时光的魔杖下，点化成“少女”了。冥冥之中，有四个“少男”正偷偷袭来，虽然蹑手蹑足，屏声止息，我却感到背后有四双眼睛，像所有的坏男孩那样，目光灼灼，心存不轨，只等时机一到，便会站到亮处，装出伪善的笑容，叫我“岳父”。

我当然不会应他。哪有这么容易的事！我像一棵果树，天长地久在这里立了多年，风霜雨露，样样有份，换来果实累累，不胜负荷。而你，偶尔过路的小子，竟然一伸手就来摘果子，活该蟠地的树根绊你一跤！

而最可恼的，却是树上的果子，竟有自动落入行人手中的样子。树怪行人不该擅自来摘果子，行人却说是果子刚好掉下来，给他接着罢了。这种事，总是里应外合才成功的。当初我自己结婚，不也是有一位少女开门揖盗吗？“堡垒最容易从内部攻破”，说得真是不错。不过彼一时也，此一时也。同一个人，过街时讨厌汽车，开车时却讨厌行人。现在是轮到我来开车。

好多年来，我已经习于和五个女人为伍，浴室里弥漫着香皂和香水气味，沙发上散置皮包和发卷，餐桌上没有人和我争酒，都是天经地义的事。戏称吾庐为“女生宿舍”，也已经很久了。做了“女生宿舍”的舍监，自然不欢迎陌生的男客，尤其是别有用心的一类。但自己辖下的女生，尤其是前面的三位，已有“不稳”的现象，却令我想起叶芝的一句诗：

一切已崩溃，失去重心。

我的四个假想敌，不论是高是矮，是胖是瘦，是学医还是学文，迟早会从我疑惧的迷雾里显出原形，一一走上前来，或迂回曲折，嗫嚅其词，或开门见山，大言不惭，总之要把他的情人，也就是我的女儿，对不起，从此领去。

无形的敌人最可怕，何况我在亮处，他在暗里，又有我家的“内奸”接应，真是防不胜防。只怪当初没有把四个女儿及时冷藏，使时间不能拐骗，社会也无由污染。现在她们都已大了，回不了头。

我那四个假想敌，那四个鬼鬼祟祟的地下工作者，也都已羽毛丰满，什么力量都阻止不了他们了。先下手为强，这件事，该趁那四个假想敌还在襁褓的时候，就予以解决的。至少美国诗人纳什（Ogden Nash，1902—1971）劝我们如此。

他在一首妙诗《由女婴之父来唱的歌》（*Song to Be Sung by the Father of Infant Female Children*）之中，说他生了女儿吉儿之后，惴惴不安，感到不知什么地方正有个男婴也在长大，现在虽然还浑浑噩噩，口吐白沫，却注定将来会抢走他的吉儿。于是做父亲的每次在公园里看见婴儿车中的男婴，都不由得神色一变，暗暗想道："会不会是这家伙？"

想着想着，他"杀机陡萌"（My dream，I fear，are infanticide），便要解开那男婴身上的别针，朝他的爽身粉里撒胡椒粉，把盐撒进他的奶瓶，把沙撒进他的菠菜汁，再扔头优游的鳄鱼到他的婴儿车里陪他游戏，逼他在水深火热之中挣扎而去，去娶别人的女儿。足见诗人以未来的女婿为假想敌，早已有了前例。

不过一切都太迟了。当初没有当机立断，采取非常措施，像纳什诗中所说的那样，真是一大失策。如今的局面，套一句史书上常见的话，已经是"寇入深矣"！女儿的墙上和书桌的玻璃垫下，以前的海报和剪报之类，还是披头士、拜丝、大卫·凯西弟的形象，现在纷纷都换上男友了。至少，滩头阵地已经被入侵的军队占领了去，这一仗是必败的了。记得我们小时，这一类的照片仍被列为机密要件，不是藏在枕头套里，贴着梦境，便是夹在书堆深处，偶尔翻出来神往一番，哪有这么二十四小时眼前供奉的？

这一批形迹可疑的假想敌，究竟是哪年哪月开始入侵厦门街余宅的，已经不可考了。只记得六年前迁港之后，攻城的将士便换了一批口操粤语的少年来接手。至于交战的细节，就得问名义上是守城的那几个女将，我这位“昏君”是再也搞不清的了。

只知道敌方的炮火，起先是瞄准我家的信箱，那些歪歪斜斜的笔迹，久了也能猜个七分；继而是集中在我家的电话，“落弹点”就在我书桌的背后，我的文苑就是他们的沙场，一夜之间，总有十几次脑震荡。那些粤音平上去入，有九声之多，也令我难以研判敌情。现在我带幼珊回了厦门街，那头的广东部队轮到我太太去抵挡，我在这头，只要留意台湾健儿，任务就轻松多了。

信箱被袭，只如战争的默片，还不打紧。其实我宁可多情的少年勤写情书，那样至少可以练习作文，不致在视听教育的时代荒废了中文。可怕的还是电话中弹，那一串串警告的铃声，把战场从门外的信箱扩至书房的腹地，默片变成了身历声，假想敌在实弹射击了。更可怕的，却是假想敌真的闯进了城来，成了有血有肉的真敌人，不再是假想了好玩的了，就像军事演习到中途，忽然真的打起来了一样。真敌人是看得出来的。

在某一女儿的接应之下，他占领了沙发的一角，从此两人呢喃细语，嗫嚅密谈，即使脉脉相对的时候，那气氛也浓得化不开，窒得全家人都透不过气来。这时几个姐妹早已回避得远远的了，任谁都看得出情况有异。万一敌人留下来吃饭，那空气就更为紧张，好像摆好姿势，面对照相机一般。平时鸭塘一般的餐桌，四姐妹这时像在演哑剧，连筷子和调羹都似乎得到了消息，忽然小心翼翼起来。

明知这僭越的小子未必就是真命女婿（谁晓得宝贝女儿现在是十八变中的第几变呢？），心里却不由自主升起一股淡淡的敌意。也明知女儿正如将熟之瓜，终有一天会蒂落而去，却希望不是随眼前这自负的小子。

当然，四个女儿也自有不乖的时候，在恼怒的心情下，我就恨不得四个假想敌赶快出现，把她们统统带走。但是那一天真要来到时，我一定又会懊悔不已。我能够想象，人生的两大寂寞，一是退休之日，一是最小的孩子终于也结婚之后。

宋淇有一天对我说："真羡慕你的女儿全在身边！"真的吗？至少目前我并不觉得自己有什么可羡之处。也许真要等到最小的季珊也跟着假想敌度蜜月去了，才会和我存并坐在空空的长沙发上，翻阅她们小时的相簿，追忆从前六人一车长途壮游的盛况，或是晚餐桌上，热气蒸腾，大家共享的灿烂灯光。人生有许多事情，正如船后的波纹，总要过后才觉得美的。这么一想，又希望那四个假想敌，那四个生手笨脚的小伙子，还是多吃几口闭门羹，慢一点出现吧。

袁枚写诗，把生女儿说成"情疑中副车"，这书袋掉得很有意思，却也流露了重男轻女的封建意识。照袁枚的说法，我是连中了四次副车，命中率够高的了。余宅的四个小女孩现在变成了四个小妇人，在假想敌环伺之下，若问我择婿有何条件，一时倒恐怕答不上来。

沉吟半晌，我也许会说："这件事情，上有月下老人的婚姻谱，谁也不能窜改，包括韦固，下有两个海誓山盟的情人，'二人同心，其利断金'，我凭什么要逆天拂人，梗在中间？何况终身大事，神秘莫测，事先无法推理，事后不能悔棋，就算交给21世纪的电脑，恐怕也算不出什么或然率来。倒不如故示慷慨，伪作轻松，博一个开明父亲的美名，到时候带颗私章，去做主婚人就是了。"

问的人笑了起来，指着我说："什么叫作'伪作轻松'？可见你心里并不轻松。"

我当然不很轻松，否则就不是她们的父亲了。例如人种的问题，就很令人烦恼。万一女儿发痴，爱上一个耸肩摊手口香糖嚼个不停的小怪人，该怎么办呢？在理性上，我愿意"有婿无类"，做一个大大方方的世界公民。但是在感情上，还没有大方到让一个臂毛如猿的小伙子把我的女儿抱过门槛。

现在当然不再是"严夷夏之防"的时代，但是一任单纯的家庭扩充成一个小型的联合国，也大可不必。问的人又笑了，问我可曾听说混血儿的聪明超乎常人。我说："听过，但是我不稀罕抱一个天才的'混血孙'。我不要一个天才儿童叫我Grandpa，我要他叫我外公。"问的人不肯罢休："那么省籍呢？"

"省籍无所谓，"我说，"我就是苏闽联姻的结果，还不坏吧？当初我母亲从福建写信回武进，说当地有人向她求婚。娘家大惊小怪，说：'那么远！怎么就嫁给南蛮！'后来娘家发现，除了言语不通之外，这位闽南姑爷并无可疑之处。这几年，广东男孩锲而不舍，对我家的压力很大，有一天闽粤结成了秦晋，我也不会感到意外。如果有个台湾少年特别巴结我，其志又不在跟我谈文论诗，我也不会怎么为难他的。至于其他各省，从黑龙江直到云南，口操各种方言的少年，只要我女儿不嫌他，我自然也欢迎。”

“那么学识呢？”

“学什么都可以。也不一定要是学者，学者往往不是好女婿，更不是好丈夫。只有一点：中文必须精通。中文不通，将祸延吾孙！”

客又笑了。“相貌重不重要？”他再问。

“你真是迂阔之至！”这次轮到我发笑了，“这种事，我女儿自己会注意，怎么会要我来操心？”

笨客还想问下去，忽然门铃响起。我起身去开大门，发现长发乱处，又一个假想敌来掠余宅。

1980 年 9 月于台北

记忆像铁轨一样长

我的中学时代在四川的乡下度过。那时正当抗战，号称“天府之国”的四川，一寸铁轨也没有。不知道为什么，年幼的我，在千山万岭的重围之中，总爱对着外国地图，向往去远方游历，而且觉得最浪漫的旅行方式，便是坐火车。每次见到月历上有火车在旷野奔驰，曳着长烟，便心随烟飘，悠然神往，幻想自己正坐在那一排长窗的某一扇窗口，无穷的风景为我展开，目的地呢，则远在千里外等我，最好是永不到达，好让我永不下车。那平行的双轨从天边疾射而来，像远方伸来的双手，要把我接去未知；不可久视，久视便受它催眠。

乡居的少年那么神往于火车，大概因为它雄伟而修长，轩昂的车头一声高啸，一节节的车厢铿铿跟进，那气派真是慑人。至于轮轨相击枕木相应的节奏，初则铿锵而慷慨，继则单调而催眠，也另有一番情韵。过桥时俯瞰深谷，真若下临无地，蹑虚而行，一颗心，也忐忐忑忑待在半空。黑暗迎面撞来，当头罩下，一点准备也没有，那是过山洞。惊魂未定，两壁的回声轰动不绝，你已经愈陷愈深，冲进山岳的盲肠去了。光明在山的那一头迎你，先是一片幽昧的熹微，迟疑不决，蓦地天光豁然开朗，黑洞把你吐回给白昼。这一连串的经验，从惊到喜，中间还带着不安和神秘，历时虽短而印象很深。

坐火车最早的记忆是在十岁。正是抗战第二年，母亲带我从上海乘船到安南，然后乘火车北上昆明。滇越铁路与富良江平行，依着横断山脉蹲踞的余势，江水滚滚向南，车轮铿铿向北。也不知越过多少桥，穿过多少山洞。我靠在窗口，看了几百里的桃花映水，真把人看得眼红、眼花。

入川之后，刚亢的铁轨只能在山外远远喊我了。一直要等胜利还都，进了金陵大学，才有京沪路上疾驶的快意。那是大一的暑假，随母亲回她的故乡武进，铁轨无尽，伸入江南温柔的水乡，柳丝弄晴，轻轻地抚着麦浪。可是半年后再坐京沪路的班车东去，却不再中途下车，而是直达上海。那是最难忘的火车之旅了：红旗渡江的前夕，我们仓皇离京，还是母子同行，幸好儿子已经长大，能够照顾行李。车厢挤得像满满一盒火柴，可是乘客的四肢却无法像火柴那么排得平整，而是交肱叠股，摩肩错臂，互补着虚实。母亲还有座位。我呢，整个人只有一只脚半踩在茶几上，另一只则在半空，不是虚悬在空中，而是斜斜地半架半压在各色人等的各色肢体之间。这么维持着“势力平衡”，换腿当然不能，如厕更是妄想。到了上海，还要奋力夺窗而出，否则就会被新拥上来的回程旅客夹在中间，挟回南京去了。

来台之后，与火车更有缘分。什么快车慢车、山线海线，都有缘在双轨之上领略，只是从前京沪路上的东西往返，这时，变成了纵贯线上的南北来回。滚滚疾转的风火车轮上，现代哪吒的心情，有时是出发的兴奋，有时是回程的慵懒，有时是午晴的遐思，有时是夜雨的落寞。大玻璃窗招来豪阔的山水，远近的城村；窗外的光景不断，窗内的思绪不绝，真成了情景交融。尤其是在长途，终站尚远，两头都搭不上现实，这是你一切都被动的过渡时期，可以绝对自由地大想心事，任意识乱流。

饿了，买一盒便当充午餐，虽只一片排骨，几块酱瓜，但在快览风景的高速动感下，却显得特别可口。台中站到了，车头重重地喘一口气，颈挂零食拼盘的小贩一拥而上，太阳饼、凤梨酥的诱惑总难以拒绝。照例一盒盒买上车来，也不一定是为了有多美味，而是细嚼之余有一股甜津津的乡情，以及那许多年来，唉，从年轻时起，在这条线上进站、出站、过站、初旅、重游、挥别，重重叠叠的回忆。

最生动的回忆却不在这条线上，在阿里山和东海岸。拜阿里山神是在十二年前。朱红色的窄轨小火车在洪荒岑寂里盘旋而上，忽进忽退，忽蠕蠕于悬崖，忽隐身于山洞，忽又引吭一呼，回声在峭壁间来回反弹。万绿丛中牵曳着这一线媚红，连高古的山颜也板不起脸来了。

拜东岸的海神却近在三年以前，是和我存一同乘电气化火车从北回归线南下。浩浩的太平洋啊，日月之所出，星斗之所生，毕竟不是海峡所能比。东望，是令人绝望的水蓝世界，起伏不休的咸波，在远方，摇撼着多少个港口多少只船，扪不到边，探不到底，海神的心事就连长锚千丈也难窥。一路上怪壁碍天，奇岩镇地，被千古的风浪刻成最丑也最美的形貌，罗列在岸边如百里露天的艺廊，刀痕刚劲，一件件都凿着时间的签名，最能满足狂士的“石癖”。不仅岸边多石，海中也多岛。火车过时，一个个岛屿都不甘寂寞，跟它赛跑起来。毕竟都是海之囚，小的，不过跑三两分钟，大的，像海龟岛，也能追逐十几分钟，就认输放弃了。

萨洛扬的小说里，有一个寂寞的野孩子，每逢火车越野而过，总是兴奋地在后面追赶。四十年前在四川的山国里，对着世界地图悠然出神的，也是那样寂寞的一个孩子，只是在他的门前，连火车也不经过。后来远去外国，越洋过海，坐的却常是飞机，而非火车。飞机虽可想成庄子的逍遥之游，列子的御风之旅，但是出没云间，游行虚碧，变化不多，机窗也太狭小，久之并不耐看。哪像火车的长途，催眠的节奏，多变的风景，从橱窗里看出去，又像是在人间，又像驶出了世外。所以在国外旅行，凡铿铿的双轨能到之处，我总是站在月台——名副其实的“长亭”——上面，等那阳刚之美的火车轰轰隆隆其势不断地踹进站来，来载我去远方。

在美国的那几年，坐过好多次火车。在爱荷华城读书的那一年，常坐火车去芝加哥看刘鎏和孙璐。美国是汽车王国，火车并不考究。去芝加哥的老式火车颇有19世纪遗风，坐起来实在不大舒服，但沿途的风景却看之不倦。尤其到了秋天，原野上有一股好闻的淡淡焦味，太阳把一切成熟的东西焙得更成熟，黄透的枫叶杂着赭尽的橡叶，一路艳烧到天边，谁见过那样美丽的“火灾”呢？过密西西比河，铁桥上敲起空旷铿铿，桥影如网，张着抽象美的线条，倏忽已踹过好一片壮阔的烟波。等到暮色在窗，芝城的灯火迎面渐密，那黑人老车掌就喉音重浊地喊出站名：Tanglewood！

有一次，从芝城坐火车回爱荷华城。正是圣诞假后，满车都是回校的学生，大半还背着、拎着行囊，更形拥挤。我和好几个美国学生挤在两节车厢之间，等于站在老火车轧轧交挣的关节之上，又冻又渴。饮水的纸杯在众人手上，从厕所一路传到我们跟前。更严重的问题是不能去厕所，因为连那里也站满了人。火车原已误点，我们在呵气翳窗的芝城总站上早已困立了三四个小时，偏偏隆冬的膀胱最容易注满。终于“满载而归”，一直熬到爱大的宿舍。一泻之余，顿觉身轻若仙，重心全失。

美国火车经常误点，真是恶名昭彰。我在美国下决心学开汽车，完全是给老天爷激出来的。火车误点，或是半途停下来等到地老天荒，甚至为了说不清楚的深奥原因向后倒开，都是最不浪漫的事。几次耽误，我一怒之下，决定把方向盘握在自己手里，不问山长水远，都可即时命驾。执照一到手，便与火车分道扬镳，从此我骋我的高速路，它敲它的双铁轨。不过在高速路旁，偶见迤迤的列车同一方向疾行，那修长而魁伟的体魄，那稳重而剽悍的气派，尤其是在天高云远的西部，仍令我怦然心动。总忍不住要加速去追赶，兴奋得像西部片里马背上的大盗，直到把它追进了山洞。

1976 年去英国，周榆瑞带我和彭歌去剑桥一游。我们在维多利亚车站的月台上候车，匆匆来往的人群，使人想起那许多著名小说里的角色，在这“生之旋涡”里卷进又卷出的神色与心情。火车出城了，一路开得不快，看不尽人家后院晒着的衣裳和红砖翠篱之间明艳而动人的园艺。那年西欧大旱，耐干的玫瑰却恣肆着娇红。不过是 8 月底，英国给我的感觉却是过了成熟焦点的晚秋，尽管是迟暮了，仍不失为美人。到剑桥飘起菲菲的细雨，更为那一幢幢严整雅洁的中世纪学院平添了一分迷蒙的柔美。经过人文传统日琢月磨的景物，究竟多一种沉潜的秀逸气韵，不是铝光闪闪的新厦可比。在空幻的雨气里，我们撑着黑伞，[illegible]过剑河上的石洞拱桥，心底回旋的是弥尔顿牧歌中的抑扬名句，不是硖石才子的江南乡音。红砖与翠藤可以为证，半部英国文学史不过是这河水的回声。雨气终于浓成暮色，我们才挥别了灯暖如橘的剑桥小站。往往，大旅途里最具风味的，是这种一日来回的“便游”（side trip）。

两年后我去瑞典开会，回程顺便一游丹麦与德国，特意把斯德哥尔摩到哥本哈根的机票，换成黄底绿字的美丽火车票。这一程如果在云上直飞，一小时便到了，但是在铁轨上轮转，从上午 8 点半到下午 4 点半，却足足走了八个小时。云上之旅海天一色，美得未免抽象。风火轮上八个小时的滚滚滑行，却带我深入瑞典南部的四省，越过青青的麦田和黄艳艳的芥菜花田，攀过银桦蔽天杉柏密矗的山地，渡过北欧之喉的峨瑞升德海峡，在香熟的夕照里驶入丹麦。瑞典是森林王国，火车上凡是门窗几椅之类都用木制，给人的感觉温厚而可亲。车上供应的午餐是烘面包夹鲜虾仁，灌以甘冽的嘉士伯啤酒，最合我的胃口。瑞典南端和丹麦北部这一带，陆上多湖，海中多岛，我在诗里曾说这地区是“屠龙英雄的泽国，佯狂王子的故乡”，想象中不知有多阴郁，多神秘。其实那时候正是春夏之交，纬度高远的北欧日长夜短，柔蓝的海峡上，迟暮的天色久久不肯落幕。我在延长的黄昏里独游哥本哈根的夜市，向人鱼之港的灯影花香里，寻找疑真疑幻的传说。

德国之旅，从杜塞尔多夫到科隆的一程，我也改乘火车。德国的车厢跟瑞典的相似，也是一边是狭长的过道，另一边是方形的隔间，装饰古拙而亲切，令人想起旧世界的电影。乘客稀少，由我独占一间，皮箱和提袋任意堆在长椅上。银灰与橘红相映的火车沿莱茵河南下，正自纵览河景，查票员说科隆到了。刚要把行李提上走廊，猛一转身，忽然瞥见蜂房蚁穴的街屋之上峻然拔起两座黑黝黝的尖峰，瞬间的感觉，极其突兀而可惊。定下神来，火车已经驶近那一双怪物，峭峻的尖塔下原来还整齐地绕着许多小塔，锋芒逼人，拱卫成一派森严的气象，那么崇高而神秘，中世纪哥特式的肃然神貌耸在半空，无闻于下界琐细的市民。原来是科隆的大教堂，在莱茵河畔顶天立地已七百多岁。火车在转弯。不知道是否因为微侧，竟感觉那一对巨塔也峨然倾斜，令人吃惊。不知飞机回降时成何景象，至少火车进城的这一幕十分壮观。

三年前去里昂参加国际笔会的年会，从巴黎到里昂，当然是乘火车，为了深入法国东部的田园诗里，看各色的牛群，或黄或黑，或白底而花斑，嚼不尽草原缓坡上远连天涯的芳草萋萋。陌生的城镇，点名一般地换着站牌。小村更一现即逝，总有白杨或青枫排列于乡道，掩映着粉墙红顶的村舍，衬以教堂的细瘦尖塔，那么秀气地指着远天。席思礼、毕沙罗，在初秋的风里吹弄着牧笛吗？那年法国刚通了东南线的电气快车，叫作Le TGV（Train à Grande Vitesse），时速三百八十公里，在报上大事宣扬。回程时，法国笔会招待我们坐上这娇红的电鳗；由于座位是前后相对，我一路竟倒骑着长鳗进入巴黎。在车上也不觉得怎么“风驰电掣”，颇感不过如此。今年初夏和纪刚、王蓝、健昭、杨牧一行，从东京坐子弹车射去京都，也只觉得其“稳健”而已。车到半途，天色渐昧，正吃着鳗鱼佐饭的日本便当，吞着苦涩的札幌啤酒，车厢里忽然起了骚动，惊叹不绝。在邻客的探首指点之下，讶见富士山的雪顶白矗晚空，明知其为真实，却影影绰绰，像一片可怪的幻象。车行极快，不到三五分钟，那一影淡白早已被近丘所遮。那样快的变动，敢说浮世绘的画师，戴笠挎剑的武士，都不曾见过。

台湾中南部的大学常请台北的教授前往授课，许多朋友不免每星期南下台中、台南或高雄。从前龚定庵奔波于北京与杭州之间，柳亚子说他“北驾南舣到白头”。这些朋友在岛上南北奔波，看样子也会奔到白头，不过如今是在双轨之上，不是驾马舣舟。我常笑他们是演《双城记》，其实近十年来，自己在台北与香港之间，何尝不是如此？在台北，三十年来我一直以厦门街为家。

现在的汀州街二十年前是一条窄轨铁路，小火车可通新店。当时年少，我曾在夜里踏着轨旁的碎石，鞋声轧轧地走回家去，有时索性走在轨道上，把枕木踩成一把平放的长梯。时常在冬日的深宵，诗写到一半，正独对天地之悠悠，寒战的汽笛声会一路沿着小巷呜呜传来，凄清之中有其温婉，好像在说：全台北都睡了，我也要回去了，你，还要独撑这倾斜的世界吗？夜半钟声到客船，那是张继。而我，总还有一声汽笛。

在香港，我的楼下是山，山下正是九广铁路的中途。从黎明到深夜，在阳台下滚滚辗过的客车、货车，至少有一百班。初来的时候，几乎每次听见车过，都不禁要想起铁轨另一头的那一片土地，简直像十指连心。十年下来，那样的节拍也已听惯，早成大寂静里的背景音乐，与山风海潮合成浑然一片的天籁了。那轮轨交磨的声音，远时哀沉，近时壮烈，清晨将我唤醒，深宵把我摇睡，已经潜入了我的脉搏，与我的呼吸相通。将来我回去台湾，最不惯的恐怕就是少了这金属的节奏，那就是真正的寂寞了。也许应该把它录下音来，用最敏感的机器，以备他日怀旧之需。附近有一条铁路，就似乎把住了人间的动脉，总是有情的。

香港的火车电气化之后，大家坐在冷静如冰箱的车厢里，忽然又怀起古来，隐隐觉得从前的黑头老火车，曳着煤烟而且重重叹气的那种，古拙刚愎之中仍不失可亲的味道。在从前那种火车上，总有小贩穿梭于过道，叫卖斋食与“凤爪”，更不少了的是报贩。普通票的车厢里，不分三教九流，男女老幼，都杂杂沓沓地坐在一起，有的默默看报，有的怔怔望海，有的瞌睡，有的啃鸡爪，有的闲闲地聊天，有的慷慨激昂地痛论国事，但旁边的主妇并不理会，只顾着呵斥自己的孩子。如果你要香港社会的样品，这里便是。周末的加班车上，更多广州返来的回乡客，一根扁担，就挑尽了大包小笼。此情此景，总令我想起杜米埃（Honoré Daumier）的名画《三等车厢》。只可惜香港没有产生自己的杜米埃，而电气化后的明净车厢里，从前那些汗气、土气的乘客，似乎一下子都不见了，小贩子们也绝迹于月台。我深深怀念那个摩肩抵肘的时代。站在今日画了黄线的整洁月台上，总觉得少了一点什么，直到记起了从前那一声汽笛长啸。

写火车的诗很多，我自己都写过不少。我甚至译过好几首这样的诗，却最喜欢土耳其诗人塔朗吉（Cahit Sitki Taranci）的这首：

去什么地方呢？这么晚了，
美丽的火车，孤独的火车？
凄苦是你汽笛的声音，
令人记起了许多事情。
为什么我不该挥舞手巾呢？
乘客多少都跟我有亲。
去吧，但愿你一路平安，
桥都坚固，隧道都光明。

1984 年 5 月

逍遥游

如果你有逸兴做太清的逍遥游行，如果你想在十二宫中缘黄道而散步，如果在蓝石英的幻境中你欲冉冉升起，蝉蜕蝶化，遗忘不快的自己，总而言之，如果你何幸患上，如果你不幸患了“观星癖”的话，则今夕，偏偏是今夕，你竟不能与我并观神话之墟，实在是太可惜太可惜了。

我的观星，信目所之，纯然是无为的。两睫交瞬之顷，一瞥往返大千，御风而行，泠然善也，泠然善也。原非古代的太史，若有什么冒失的客星，将毛足加诸皇帝的隆腹，也不用我来烦心。也不是原始的舟子，无须在雾气弥漫的海上，裂眦辨认北极的天蒂。更非现代的天文学家或太空人，无须分析光谱或驾驶卫星。

科学向太空看，看人类的未来，看月球的新殖民地，看地球人与火星人不可思议的星际战争。我向太空看，看人类的过去，看占星学与天宫图，祭司的梦，酋长的迷信。

于是大度山从平地涌起，将我举向星际，向万籁之上，霓虹之上。太阳统治了钟表的世界。但此地，夜犹未央，光族在钟表之外闪烁。亿兆部落的光族，在令人目眩的距离，交射如是微渺的清辉。半克拉的孔雀石。七分之一的黄玉扇坠。千分之一克拉的血胎玛瑙。盘古斧下的金刚石矿，天文学采不完万分之一。天河蜿蜒着敏感的神经，首尾相衔，传播高速而精致的触觉，南天穹的星阀热烈而显赫地张着光帜，一等星、二等星、三等星，争相炫耀它们的家谱，从 Alpha 到 Beta 到 Zeta 到 Omega，串起如是的辉煌，迤逦而下，尾扫南方的地平。亘古不散的假面舞会，除倜傥不羁的彗星，除爱放烟火的陨星，除垂下黑面纱的朔月之外，星图上的姓名全部亮起。后羿的逃妻所见如此。自大狂的李白，自虐狂的李贺所见如此。利玛窦和徐光启所见亦莫不如此。星象是一种最晦涩的灿烂。

北天的星貌森严而冷峻，若阳光不及的冰柱。最壮丽的是北斗七星。这局棋下得令人目摇心悸，大惑不解。自有八卦以来，任谁也挪不动一只棋子，从天枢到瑶光，永恒的颜面亿代不移。棋局未终，观棋的人类一代代死去。维北有斗，不可以挹酒浆。圣人以前，诗人早有这狂想。想你在平旷的北方，峨巍地升起，阔大的斗魁上斜着偌长的斗柄，但不能酌一滴饮早期的诗人。那是天真的时代，圣人未生，青牛未西行。那是青铜时代，云梦的瘴疠未开，鱼龙遵守大禹的秩序，吴市的吹箫客白发未白。那是多神的时代，汉族会唱歌的时代，摽有梅野有蔓草，自由恋爱的时代。快乐的Pre-Confucian的时代。

百仞下，台中的灯网交织现代的夜。湿红流碧，林荫道的彼端，霓虹茎连的繁华。脚下是，不快乐的Post-Confucian的时代。凤凰不至，麒麟绝迹，龙只是观光事业的商标。八佾在龙山寺凄凉地舞着。圣裔饕餮着国家的俸禄。龙种流落在海外。诗经蟹行成英文。谁谓河广，一苇杭之。招商局的吨位何止一苇，奈何河广如是，浅浅的海峡隔绝如是！人人尽说江南好，游人只合江南老。今人竟羡古人能老于江南。江南可哀，可哀的江南。唯庾信头白在江南之北，我们头白在江南之南。嘉陵江上，听了八年的鹧鸪，想了八年的后湖，后湖的黄鹂。过了十五个台风季，淡水河上，并蜀江的鹧鸪亦不可闻。帝遣巫阳招魂，在海南岛上，招北宋的诗人。“魂兮归来，南方不可以止些！”这里已是中国的至南，雁阵惊寒，也不越浅浅的海峡。雁阵向衡山南下。逃亡潮冲击着香港。留学女生向东北飞，成群的孔雀向东北飞，向新大陆。有一种候鸟只去不回。

怒而飞，其翼若垂天之云，抟扶摇而上者九万里。喷射机在云上滑雪，多逍遥的游行！曾经，我们也是泱泱的上国，万邦来朝，皓首的苏武典多少属国。长安矗第八世纪的纽约，西来的驼队，风沙的软蹄踏大汉的红尘。曾几何时，五陵少年竟亦洗碟子，端菜盘，背负摩天楼沉重的阴影。而那些长安的丽人，不去长堤，便深陷书城之中，将自己的青春编进洋装书的目录。当你的情人已改名玛丽，你怎能送她一首菩萨蛮？历史健忘，难为情的，是患了历史感的个人。三十六岁，常怀千岁的忧愁。千岁前，宋朝第一任天子刚登基，黄袍犹新，一朵芬芳的文化欲绽放。欧洲在深邃的中世纪深处冬眠，拉丁文的祈祷有若梦呓。知晦朔的朝菌最可悲。八股文。裹脚巾。阿 Q 的辫子。鸦片的毒氛。租界流满了惨案。大国的青睐翻成了白眼。小国反复着排华运动。朝菌死去，留下更阴湿的朝菌，而晦朔犹长，夜犹未央。东方的大帝国纷纷死去。巴比伦死去。波斯和印度死去。亚洲横陈史前兽的遗骸，考古学家的乐园是废墟。南有冥灵，以五百岁为春，五百岁为秋。惠蛄啊惠蛄，我们是阅历春秋的惠蛄。不，我们阅历的，是战国，是军阀，是太阳旗，是弯弯的镰刀如月。

夜凉如浸，虫吟如泣。星子的神经系统上，挣扎着许多折翅的光源，如果你使劲拧天蝎的毒尾，所有的星子都会呼痛。但那只是一瞬间的幻觉罢了。天苍苍何高也，绝望的手臂岂得而扪之？永恒仍然在拍打密码，不可改不可解的密码，自补天自屠日以来，就写在那上面，那种磷质的形象！似乎在说：就是这个意思。不周山倾时天柱倾时是这个意思。长城下，运河边是这个意思。扬州和嘉定的大屠城是这个意思。卢沟桥上，重庆的山洞里，莫非是这个意思。然则御风飞行，泠然善乎，泠然善乎？然则孔雀东北飞，是逍遥游乎，是行路难乎？曾经，也在密西西比的岸边，一座典型的大学城里，面对无欢的西餐，停杯投叉，不能卒食。曾经，立在密歇根湖岸的风中，看冷冷的日色下，钢铁的芝城森寒而黛青。日近，长安远。迷失的五陵少年，鼻酸如四川的泡菜。曾经啊，无寐的冬夕，立在雪霁的星空下，流泪想刚死的母亲，想初出世的孩子。但不曾想到，死去的不是母亲，是古中国，初生的不是女婴，是“五四”。喷射机两日的航程，感情上飞越半个世纪。总是这样。松山之后是东京之后是阿拉斯加是西雅图。上有青冥之长天，下有渌水之波澜。长风破浪，云帆可济沧海。行路难。行路难。沧海的彼岸，是雪封的思乡症，是冷冷清清的圣诞，空空洞洞的信箱和更空洞的学位。

是的，这是行路难的时代。逍遥游，只是范蠡的传说。东行不易，北归更加艰难。兵燹过后，江南江北，可以想见有多荒凉。第二度去国的前夕，曾去佛寺的塔影下祭告先人的骨灰。锈铜钟敲醒的记忆里，二百根骨骼重历六年前的痛楚。六年了，前半生的我陪葬在这小木匣里。我生在王国维投水的次年。封闭在此中的，是沦陷区的岁月，抗战的岁月，仓皇南奔的岁月，行路难的记忆，逍遥游的幻想。十岁的男孩，已经咽下了国破的苦涩。高淳古刹的香案下，听一夜妇孺的惊呼和悲啼。太阳旗和游击队拉锯战的地区，白昼匿太湖的芦苇丛中，日落后才摇橹归岸，始免于锯齿之噬。舟沉太湖，母与子抱宝丹桥础始免于溺死。然后是上海的法租界。然后是香港海上的新年。滇越路的火车上，览富良江岸的桃花。高亢的昆明。险峻的山路。母子颠簸成两条黄鱼。然后是海棠溪的渡船，重庆的团圆。月圆时的空袭，迫人疏散。于是六年的中学生活开始，草鞋磨穿，在悦来场的青石板路。令人涕下的抗战歌谣。令人近视的教科书和油灯。桐油灯的昏焰下，背新诵的古文，向鬓犹未斑的父亲，向扎鞋底的母亲，伴着瓦上急骤的秋雨急骤地灌肥巴山的秋池……钟声的余音里，黄昏已到寺，黑僧衣的蝙蝠从逝去的日子里神经质地飞来。这是台北的郊外，观音山已经卧下来休憩。

栩栩然蝴蝶。蘧蘧然庄周。巴山雨。台北钟。巴山夜雨。拭目再看时，已经有三个小女孩喊我父亲。熟悉的陌生，陌生的变成熟悉。千级的云梯下，未完的出国手续待我去完成。将有远游。将经历更多的关山难越，在异域。又是松山机场的挥别，东京御河的天鹅，太平洋的云层，芝加哥的黄叶。六年后，北太平洋的卷云，犹卷着六年前乳色的轻罗。初秋的天一天比一天高。初秋的云，一片比一片白净比一片轻。裁下来，宜绘唐寅的扇面，题杜牧的七绝。且任它飞去，且任它羽化飞去。想这已是秋天了，内陆的蓝空把地平线都牧得很辽很远。北方的黄土平野上，正是驰马射雕的季节。雕落下。雁落下。萧萧的红叶红叶啊落下，自枫林。于是下面是冷碧伶仃的吴江。于是上面，只剩下白寥寥的无限长的楚天。怎么又是九月又是九月了呢？木兰舟中，该有楚客扣舷而歌，“悲哉秋之为气也，憭栗兮若在远行！”

远行。远行。念此际，另一个大陆的秋天，成熟得多美丽。碧云天。黄叶地。爱荷华的黑土沃原上，所有的瓜该又重又肥了。印第安人的落日熟透时，自摩天楼的窗前滚下。当暝色登上楼的电梯，必有人在楼上忧愁。摩天三十六层楼，我将在哪一层朗吟登楼赋？可想到，即最高的一层，也眺不到长安？当我怀乡，我怀的是大陆的母体，啊，《诗经》中的北国，《楚辞》中的南方！当我死时，愿江南的春泥覆盖在我的身上，当我死时。

当我死时。当我生时。当我在东南的天地间漂泊。战争正在海峡里焚烧。饿殍和冻死骨陈尸在中原。黄巾之后有董卓的鱼肚白有安禄山的鱼肚白后有赤眉有黄巢有白莲。始皇帝的赤焰们在高呼，战神万岁！战争燃烧着时间燃烧着我们，燃烧着你们的须发我们的眉睫。当我死时，老人星该垂下白髯，战火烧不掉的白髯，为我守坟。吾所以有大患者，为吾有身。当我物化，当我归彼大荒，我必归彼芥子归彼须弥归彼地下之水空中之云。但在那之前，我必须塑造历史，塑造自己的花岗石面，当时间在我的呼吸中燃烧。当我的三十六岁在此刻燃烧在笔尖燃烧在创造创造里燃烧。当我狂吟，黑暗应匍匐静听，黑暗应见我须发奋张，为了痛苦地欢欣地热烈而又冷寂地迎接且抗拒时间的巨火，火焰向上，挟我的长发挟我如翼的长发而飞腾。敢在时间里自焚，必在永恒里结晶。

维北有斗，不可以挹酒浆。有一种疯狂的历史感在我体内燃烧，倾北斗之酒亦无法浇熄。有一种时间的乡愁无药可医。台中的夜市在山麓奇幻地闪烁，紫水晶的盘中眨着玛瑙的眼睛。相思林和凤凰木外，长途巴士沉沉地自远方来，向远方去，一若公路起伏的鼾息。空中弥漫着露滴的凉意和新割过的草根的清香。当它沛沛然注入肺叶，我的感觉遂透彻而无碍，若火山脚下，一块纯白多孔的浮石。清醒是幸福的。未来的大劫中，唯清醒可保自由。星空的气候是清醒的秩序。星空无限，大罗盘的星空啊，创宇宙的抽象大壁画，玄妙而又奥秘，百思不解而又百读不厌，而又美丽得令人绝望地赞叹。天河的巨瀑喷洒而下，蒸起螺旋的星云和星云，但水声敻渺得水不可闻。光在卵形的空间无休止地飞啊飞，在天河的旋涡里做星际航行，无所谓现代，无所谓古典，无所谓寒武纪或冰河时期。美丽的卵形里诞生了光，千轮太阳，千只硕大的蛋黄。美丽的卵形诞生了我，亦诞生后稷和海伦。七夕已过，织女的机杼犹纺织多纤细的青白色的光丝。五千年外，指环星云犹谜样在旋转。这婚礼永远在准备，织云锦的新娘永远年轻。五千年前，我的五立方的祖先正在昆仑山下正在黄河源濯足。然则我是谁呢？我是谁呢？呼声落在无回音的岛宇宙的边陲。我是谁呢？我——是——谁？一瞬间，所有的光都息羽回顾，猬集在我的睫下。你不是谁，光说，你是一切。你是侏儒中的侏儒，至小中的至小。但你是一切。你的魂魄烙着北京人全部的梦魇和恐惧。只要你愿意，你便立在历史的中流。在战争之上，你应举起自己的笔，在饥馑在黑死病之上。星裔罗列，虚悬于永恒的一顶皇冠，多少克拉多少克拉的荣耀，可以为智者为勇者加冕，为你加冕。如果你保持清醒，而且屹立得够久。你是空无。你是一切。无回音的大真空中，光，如是说。

1964 年 8 月 20 日于台北

（《文星》第八十三期）

另有离愁

学者作家之流，在今日所谓的学府文坛，已经不可能像古人那样“目不窥园，足不出户”了。先是长途电话越洋跨洲，继而传真信函即发即至，鞭长无所不及，令人难逃于天地之间。在截止日期的阴影下，惶惶然、惴惴然，你果然寝食难安，写起论文来了，一面写着或是按着，一面期待喜获知音的快意，其实在虚荣的深处，尽是被人挑剔甚至惨遭围剿的隐忧，恐怖之状常在梦里停格。

截止日期终于到了，甚至过了。你的论文奇迹一般，竟然也寄了出去，跟许多不相干的信件一起，在空中飞着。不久你也在空中飞着，跟许多不相干的旅客挤在一起。

机场、巴士、旅馆、钥匙、餐券、请帖，你终于到了。接着你发现自己握着一杯鸡尾酒或果汁，游牧民族一般在欢迎酒会的大厅上“逐水草而——立”。其实，人潮如水，你只是一片浮萍，跟其他的“贵宾”萍水相逢而已。你飘摇在推挤之间，担心撞泼了人或被人撞泼。一只手得紧握酒杯，另一只手得在餐盘与“友谊之手”之间不断应变。还要掏名片，就需要第三只手了。人影交错、时差恍惚之际，你瞥见有一片美丽的萍在远处浮现，正待拨开乱藻追过去，说时迟、那时快，一只“友谊之手”无端伸来，把你截下，劫下。于是互道久仰，交换名片，保证联络，甚至把身边凑巧或不凑巧的诸友都逐一隆而重之地介绍遍了。再回头时，那人早已不在灯火阑珊处。这种盛况，王勃早已有言：“十旬休假，胜友如云；千里逢迎，高朋满座。”在重聚兼新交的欢乐气氛中，论文的辛苦，长途的折磨，甚至行李下落不明，都似乎变得不太重要，连学界的二三宿敌也显得有点亲切了。

真正开起会来，不少学者虽然大名鼎鼎，却是开口不如闻名。学术界常有的现象，是想得妙的未必写得妙，写得妙的未必讲得妙。古人有“锦心绣口”之说，其实应该三段而论，就是“锦心”未必“采笔”，“采笔”未必“绣口”。所以论文而要宣读，如果那学者咬字不准，句读不明，乡音不改，四声不分；或者是说得太慢，拖泥带水，欲吐还吞；或者是说得太急，一口滔滔，众耳难随，那锦心不免就大打折扣，而彩笔也就减色了。

大型的研讨会之类，其实也是一种群众场合，再深刻的论文，再隆重的宣读，也不妨多举实例，偶用比方，或故作惊人主语，或穿插一二笑话，来点“喜剧的发散”。如果一味宣读下去，则除了沉闷之外，还会有这么几个恶果。反应慢的听众会把尊论翻来掀去，苦苦追寻你究竟读到了哪里。反应快的，早已一目十行超过了你，不久已经读完，不必再听你哓哓了。剩下的一些只觉心烦意乱，索性把论文推开，在时差或失眠的恍惚之中，寻梦去了。有一位朋友就说过：研讨会上，正是补觉的好去处。而且，他补充一句，台上一人自言自语，正好为了台下众人催眠。这缺德话令人想起王尔德消遣同行皮内罗的某剧，说是叫他“从头睡到尾的最佳剧本”（the best play I've ever slept through）。

除此之外，会场上还有两样东西令人不安：一样是催魂的计时铃，另一样是摧耳的麦克风。计时铃是由一位少女的纤指轻轻点按，其声叮咛悦耳，但是传到当事人的耳里，却惊天动地，变成时间老人的警钟，警告他大限到了。这是截止日期的化身，截止的不是悠悠的日期，而是匆匆的分秒，可以称为dead-minute。叮咛一响，时间好像猛一抽筋。机警的当事人当机立断，悬崖勒马。差一点的知道大势已去，无心恋战，没几个回合，也就落荒而逃了。碰到麻木的或是霸道的，对一迭连声的警铃根本充耳不闻，对时光的催租讨债完全无动于衷，简直要不朽了。这时，主席早已扭颈歪头，对他眈眈虎视。台下的众人更是坐立不安，只差大吼叫他下台。“世界上有这么不识相的人！”下一位讲者在心里咒着，也转头向独夫怒目。过了一个世纪，独夫终于停了。从永恒的煎熬中解脱，大众已经无力愤怒，只有感激。

麦克风更是全场成败的关键。一架好麦克风，遇弱则弱，遇强则强，其实是无辜的。可惜济济多士，竟有一大半不知道如何待它，不是把它冷落在一旁，只顾自言自语，害得所有的耳朵都竖直如警犬，便是过分重用，放在嘴边，像在舔甜筒，更像在吹警世的号角，害得所有的耳朵迅雷难避。美国人把麦克风前的怯场叫作 mike fright。重用麦克风的讲者却相反，只顾对着它杀伐嘶喊，喊得全场的听众刺耳摧魂，六神无主。麦克风变成了麦克疯，摧人欲疯。好不容易那麦克狂风终于停了，宇宙顿然恢复了安宁。听众也才恢复了自己呼吸的节奏。

计时铃叮叮，麦克风隆隆，不觉研讨会已经“圆满闭幕”。满座高朋就将风流云散，离愁顿生。大型国际会议的“离愁”别有所指，不是指沉重的别情，而是指沉重的书。原来行装初整，论文稿件之外，总不免带些书来，无非是自己的新著，好与学友文朋交换一番。每次都天真地自我安慰：“等送完了，回程就轻松了。”不料热情的朋友送书更多，加上二三十份论文，不知有多少公斤。眼看着又要提得肩酸手痛，想起家里书斋的书灾，还得把这一批书带回去，变本加厉，心情只有更沉，哪有什么“满载而归”的喜悦？

这一大堆沉甸甸的巨著，带回家去是不智，不带回去是不仁。就这么丢在旅馆里扬长而去吗？太绝情了吧？丢人书者，人亦丢之。想想看，你自己送给别人的呕心之作，忍令流落在异国的垃圾箱底吗？别提什么心灵的结晶了，即以形而下观之，当初造纸牺牲了多少美丽的树啊。既然提得起，就不该放下。于是满载而归。

1994 年 7 月

第四辑

兴于喜悦，终于彻悟

给莎士比亚的一封回信

莎士比亚先生：

年初拜读您在斯特拉福投邮的大札，知悉您有意来中国讲学，真是惊喜交加，感奋莫名！可是我的欣悦并没有维持多久。年来为您讲学的事情，奔走于学府与官署之间，舌敝唇焦，一点也不得要领。您的全集，皇皇四十部大著，果真居则充栋，出则汗人，搬来搬去，实在费事，但在某些人的眼中，分量并没有这样子重，因此屡遭退件、退稿。我真是不好意思写这封回信，不过您既已嘱咐了我，我想我还是应该把和各方面接洽的前后经过，向您一一报告于后。

首先，我要说明，我们这儿的文化机构，虽然也在提倡所谓文艺，事实上心里更重视科学的。举个例，我们这儿的文学教授们，只有在“长期发展科学”的名义下，才能申请到文学研究的津贴；好像雕虫末技的文学，要沾上科学之光，才算名正言顺，理直气壮。您不是研究太空或电子的科学家，因此这儿对您的申请，坦白地说，并不那样感兴趣。我们是一个讲究学历和资格的民族：在科举的时代，讲究的是进士，在科学的时代，讲究的是博士。所以当那些审查委员在“学历”一栏下，发现您只有中学程度，在“通晓语文”一栏中，只见您“拉丁文稍解，希腊文不通”的时候，他们就面有难色了。也真是的，您的学历表也未免太寒碜了一点；要是您当日也曾去牛津或者剑桥什么的注上一册，情形就不同了。当时我还为您一再辩护，说您虽然没有上过大学，全世界还没有一家大学敢说不开您一课。那些审查委员听了我的话，毫不动容，连眉毛也不抬一根，只说：“那不相干。我们只照规章办事。既然缴不出文凭，就免谈了。”

后来我灵机一动，想到您的作品，就把您的四十部大著，一股脑儿交了上去。隔了好久，又给一股脑儿退了回来，理由是“不获通过”。我立刻打了一个电话去，发现那些审查委员还没散会，便亲自赶去那官署向他们请教。

“尊友莎君的呈件不合规定。”一个老头子答道。

“哦——为什么呢？”

“他没有著作。”

“莎士比亚没有著作？”我几乎跳了起来，“他的诗和剧本不算著作吗？”

“诗、剧本、散文、小说，都不合规定。我们要的是‘学术著作’。”（他把“学术”两字特别加强，但因为他的乡音很重，听起来像在说“瞎说猪炸”。）

“瞎说猪炸？什么是——”

“正正经经的论文。譬如说，名著的批评、研究、考证等，才算是瞎说猪炸。”

“您老人家能举个例吗？”我异常谦恭地说。

他也不回答我，只管去卷宗堆里搜寻，好一会儿才从一个卷宗里抽出一沓表格来。“那，像这些。哈姆雷特的心理分析，论哈姆雷特的悲剧精神，从弗洛伊德的观点论哈姆雷特和他母亲的关系，哈姆雷特著作年月考，Thou 和 You 在哈姆雷特中的用法，哈姆雷特史无其人说……”

“我明白您的意思了。假如莎士比亚写一篇十万字的论文，叫哈姆雷特脚有鸡眼考……”

“那我们就可以考虑考虑了。”他说。

“可是，说了半天，《哈姆雷特》就是莎士比亚的作品呀。与其让莎士比亚去论哈姆雷特的鸡眼，为什么不能让他干脆缴上《哈姆雷特》原书呢？”

“那怎么行？《哈姆雷特》是一本无根无据的创作，作不得数的。哈姆雷特有鸡眼考就有根有据了，根据的就是《哈姆雷特》。有根据，有来历，才是瞎说猪炸。”

显然，您要来我们这儿讲学的事情，无论是在学历上还是著作上，都不能通过的。在“曾获何种荣誉”一栏里，我也没有办法为您填上什么。您那个时候还没有诺贝尔、普利策、巴林根等奖金，也不时兴颁赠什么荣誉博士学位。您的外文起码得很，根本不可能去国外讲学，或者出席国际笔会之类的大场面。桂冠呢，您那时候倒是有的，可惜您无缘一戴。

对了，说到奖金，我也曾为您申请过的，不过，您千万不要见怪，我在这方面的企图也不成功。有一个奖金委员会的理由是：“主题暧昧，意识模糊。”另一个委员的评语是：“主题不够积极，没有表现人性的光明面。”还有一个评审会的意见，也大同小异，不外是说您的作品“缺乏时代意识，没有现实感；又太浪漫，不合古典的三一律”等。我想，他们的批评，在他们自己看来，也是诚恳的。例如，有一位文学批评的权威，就指责您不该在《李耳王》[1]中让那些不孝的女儿反叛父亲，又说哈姆雷特王子不够积极和坚决，同时剧终忠奸双方玉石俱毁，也显得用意含混，不足为训。还有人说，罗密欧与朱丽叶的殉情未免过分夸张爱情，对青少年们恐怕会产生不良的影响。至于那卷《十四行集》，也有人说它太消极，而且有浓厚的个人主义的色彩云云。

至于大作在此间报纸副刊或杂志上发表，机会恐怕也不多。我们的编辑先生所欢迎的，还是以武侠、黑幕，或者女作家们每一张稿纸洒一瓶香水的“长篇哀艳悱恻奇情悲剧小说”为主。我想，您来这儿讲学的事，十有九成是吹了。没有把您的嘱咐办妥，

[1] 现译为《李尔王》。——编者注

我感到非常抱歉。不过我相信您不会把这些放在心上的。您所要争取的，是千古，不是目前，是全人类的崇敬，不是几伙外行的喋喋不休，对吗？凉风起自天末，还望您善自珍重。后会有期，说不定我会去西敏寺拜望您的。

敬祝

健康

余光中拜上

1967 年 11 月 4 日

书斋·书灾

物以类聚，我的朋友大半也是书呆子。很少有朋友约我去户外恋爱春天。大半的时间，我总是与书为伍。大半的时间，总是把自己关在六叠之上、四壁之中，制造氮气，做白日梦。我的书斋，既不像沃波尔（Horace Walpole）中世纪的哥特式城堡那么豪华，也不像格拉布街（Grub Street）的阁楼那么寒酸。我的藏书不多，也没有统计，在一千册左右。“书到用时方恨少”，花了那么多钱买书，要查点什么仍然不够应付。有用的时候，往往发现某本书给朋友借去了没还来。没用的时候，它们简直满坑、满谷；书架上排列得整整齐齐的之外，案头、椅子上、唱机上、窗台上、床上、床下，到处都是。由于为杂志写稿，也编过刊物，我的书城之中，除了居民之外，还有许多来来往往的流动户口，例如《文学杂志》《现代文学》《中外》《蓝星》《作品》《文坛》《自由青年》等，自然，更有数以百计的《文星》。

“腹有诗书气自华。”奈何那些诗书大半不在腹中，而在架上、架下、墙隅，甚至书桌脚下。我的书斋经常在闹书灾，令我的太太、岳母和擦地板的下女顾而绝望。下女每逢擦地板，总把架后或床底的书一股脑儿堆在我床上。我的岳母甚至几度提议，用秦始皇的方法来解决。有一次，在台风期间，中和乡大闹水灾，夏菁家里数千份《蓝星》随波逐流，待风息水退，乃发现地板上、厨房里、厕所中、狗屋顶，甚至院中的树上，或正或反，举目皆是《蓝星》。如果厦门街也有这么一次水灾，则在我家，水灾过后，必有更严重的书灾。

你会说，既然怕铅字为祸，为什么不好好整理一下，使各就其位，取之即来呢？不可能，不可能！我的答复是不可能。凡有几本书的人，大概都会了解，理书是多么麻烦，同时也是多么消耗时间的一件事。对于一个书呆子，理书是带一点回忆的哀愁的。喏，这本书的扉页上写着：“一九五二年四月购于台北。”（那时你还没有大学毕业哪！）那本书的封底里页，记着一个女友可爱的通信地址。（现在不必记了，她的地址就是我的。可叹，可叹！这是幸福，还是迷惘？）有一本书上写着：“赠余光中，一九五九年于爱荷华城。”（作者已经死了，他巍峨的背影已步入文学史。将来，我的女儿们读文学史读到他时，有什么感觉呢？）另一本书令我想起一位好朋友，他正在太平洋彼岸的一个小镇上穷泡，好久不写诗了。翻开这本红面烫金古色古香的诗集，不料一张叶脉毕呈枯脆欲断的橡树叶子，翩翩地飘落在地上。这是哪一个秋天的幽灵呢？那么多书，那么多束信，那么多沓的手稿！我来过，我爱过，我失去——该是每块墓碑上都适用的墓志铭。而这，也是每位作家整理旧书时必有的感想。谁能把自己的回忆整理清楚呢？

何况一面理书，一面还要看书。书是看不完的，尤其是自己的藏书。谁要能把自己的藏书读完，一定成为大学者。有的人看书必借，借书必不还。有的人看书必买，买了必不看完。我属于后者。我的不少朋友属于前者。这种分类法当然纯粹是主观的。有一度，发现自己的一些好书，甚至是绝版的好书，被朋友们久借不还，甚至于久催不理，我愤怒得考虑写一篇文章，声讨这批雅贼，不，“雅盗”，因为他们的罪行是公开的。不久我就打消这念头了，因为发现自己也未能尽免“雅盗”的作风。架上正摆着的，就有几本向朋友久借未还的书——有一本论诗的大作是向淡江某同事借的，已经半年多没还了，他也没来催。当然这么短的“侨居”还不到“归化”的程度。有一本《美国文学的传统》下卷，原是朱立民先生处借来，后来他料我毫无还意，绝望了，索性声明是送给我，而且附赠了上卷。

在十几册因久借而“归化”了的书中，大部分是台大外文系的财产。它们的“侨龄”都已逾十一年。据说系图书馆的管理员仍是当年那位女士，吓得我十年来不敢跨进她的辖区。借钱不还，是不道德的事。书也是钱买的，但在“文艺无国界”的心理下，似乎借书不还是一件不值一提的事了。

除了久借不还的以外，还有不少书——简直有三四十册——是欠账买来的。它们都是向某家书店“买”来的，“买”是买来了，但几年来一直未曾付账。当然我也有抵押品——那家书店为我销售了百多本的《万圣节》和《钟乳石》，也始终未曾结算。不过我必须立刻声明，到目前为止，那家书店欠我的远少于我欠书店的。我想我没有记错，或者可以说，没有估计错，否则我不会一直任其发展而保持缄默。大概书店老板也以为他欠我较多，而容忍了这么久。

除了上述两种来历不太光荣的书外，一部分的藏书是作家朋友的赠书。其中绝大多数是中文的新诗集，其次是小说、散文、批评和翻译，自然也有少数英文，乃至法文、韩文和土耳其文的著作。这些赠书当然是来历光明的，因为扉页上都有原作者或译者的亲笔题字，更加可贵。可是，坦白地说，这一类的书，我也很少全部详细拜读完的。我敢说，没有一位作家会把别的作家的赠书一一览尽。英国作家贝洛克（Hilaire Belloc）有两行谐诗：

When I am dead, I hope it may be said:
“His sins were scarlet,but his books were read.”

勉强译成中文，就成为：

当我死时，我希望人们会说：

“他的罪深红，但他的书有人读过。”

此地的 read 是双关的，它既是“读”的过去分词，又和“红”（red）同音，因此不可能译得传神。贝洛克的意思，无论一个人如何罪孽深重，只要他的著作真有人当回事地拜读过，也就算难能可贵了。一个人，尤其是一位作家之无法遍读他人的赠书，由此可以想见。每个月平均要收到三四十种赠书（包括刊物），我必须坦白承认，我既无时间逐一拜读，也无全部拜读的欲望。事实上，太多的大著，只要一瞥封面上作者的名字，或是多么庸俗可笑的书名，你就没有胃口开卷饕餮了。世界上只有两种作家——好的和坏的。除了一些奇迹式的例外，坏的作家从来不会变成好的作家。我写上面这段话，也许会莫须有地得罪不少赠书的作家朋友。不过我可以立刻反问他们：“不要动怒。你们可以反省一下，曾经读完，甚至部分读过我的赠书没有？”我想，他们大半不敢遽作肯定的回答的。那些“难懂”的现代诗，那些“嚼饭喂人”的译诗，谁能够强人拜读呢？ 19 世纪牛津大学教授道奇森(C.L.Dodgson,笔名Lewis Carroll)曾将他著的童话小说《爱丽丝漫游奇境记》（*Alice in Wonderland*），呈献一册给维多利亚女皇。女皇很喜欢那本书，要道奇森教授将他以后的作品见赠。不久她果然收到他的第二本大著——一本厚厚的数学论文。我想女皇该不会读完第一页的。

第三类的书该是自己的作品了。它们包括四本诗集，三本译诗集，一本翻译小说，一本翻译传记。这些书中，有的尚存三四百册，有的仅余十数本，有的甚至已经绝版。到现在我仍清晰地记得，印第一本书时患得患失的心情。出版的那一晚，我曾经兴奋得终宵失眠，幻想着第二天那本小书该如何震撼整个文坛，如何再版三版，像拜伦那样传奇式地成名。为那本书写书评的梁实秋先生，并不那么乐观。他预计“顶多销三百本。你就印五百本好了”。结果我印了一千册，在半年之内销了三百四十多册。不久我因参加第一届大专毕业生的预官受训，未再继续委托书店销售。现在早给周梦蝶先生销光了。目前我业已发表而迄今未印行成集的，有五种诗集，一本《现代诗选译》，一本《蔡斯德菲尔家书》，一本画家保罗·克利的评传和两种散文集。如果我不夭亡——当然，买半票，充“神童”的年代早已逝去——到五十岁时，希望自己已是拥有五十本作品（包括翻译）的作家，其中至少应有二十种诗集。对缪斯许的这个愿，恐怕是太大了一点。然而照目前写作的“产量”看来，打个六折，有三十本是绝对不成问题的。

最后一类藏书，远超过上述三类的总和。它们是我付现钱买来，积少成多的中英文书籍。惭愧得很，中文书和英文书的比例，十多年来，愈来愈悬殊了。目前大概是三比七。大多数的书呆子，既读书，亦玩书。读书是读书的内容，玩书则是玩书的外表。书确是可以“玩”的。一本印刷精美、封面华丽的书，其物质的本身就是一种美的存在。我所以买了那么多的英文书，尤其是缤纷绚烂的袖珍版丛书，对那些七色鲜明设计潇洒的封面一见倾心，往往是重大的原因。“企鹅丛书”（*Penguin Books*）的典雅，

“现代丛书”（*Modern Library*）的端庄，“袖珍丛书”（*Pocket Books*）的活泼，“人人丛书”（*Everyman's Library*）的古拙，“花园城丛书”（*Garden City Books*）的豪华，瑞士“史基拉艺术丛书”（*Skira Art Books*）的堂皇富丽、尽善尽美……这些都是使蠹鱼们神游书斋的乐事。资深的书呆子通常有一种不可救药的毛病。他们爱坐在书桌前，并不一定要读哪一本书，或研究哪一个问题，只是喜欢这本摸摸，那本翻翻，相相封面，看看插图和目录，并且嗅嗅（尤其是新书的）怪好闻的纸香和油墨味。就这样，一个昂贵的下午用完了。

约翰生博士曾经说，既然我们不能读完一切应读的书，则我们何不任性而读？我的读书便是如此。在大学时代，出于一种攀龙附凤、进香朝圣的心情，我曾经遵循文学史的指点，自勉自励地读完八百多页的《汤姆·琼斯》，七百页左右的《虚荣市》，甚至咬牙切齿、边读边骂地咽下了《自我主义者》。自从毕业后，这种啃劲愈来愈差了。到目前忙着写诗、译诗、编诗、教诗、论诗，五马分尸之余，几乎毫无时间读诗，甚至无时间读书了。架上的书，永远多于腹中的书；读完的藏书，恐怕不到十分之三。尽管如此，“玩”书的毛病始终没有痊愈。由于常“玩”，我相当熟悉许多并未读完的书，要参考某一意见，或引用某段文字，很容易就能翻到那一页。事实上，有些书是非玩它一个时期不能欣赏的。例如凡·高的画集、卡明斯的诗集，就需要久玩才能玩熟。

然而，十年玩下来了，我仍然不满意自己这书斋。由于太小，书斋之中一直闹着书灾。那些漫山遍野、满坑满谷，“汗人而不充栋”的洋装书，就像一批批永远取缔不了的流氓一样，没法加以安置。由于是日式，它嫌矮，而且像一朵“背日葵”那样，永远朝北，绝对晒不到太阳。如果中国多了一个阴郁的作家，这间北向的书房应该负责。坐在这扇北向之窗的阴影里，我好像冷藏在冰箱中一只满蕴着南方的水果。白昼，我似乎沉浸在海底，岑寂的幽暗奏着灰色的音乐。夜间，我似乎听得见因纽特人雪橇滑行之声，而北极星的长髯垂下来，铮铮然，敲响串串的白钟乳。

可是，在这间艺术的冷宫中，有许多回忆仍是炽热的。朋友来访，我常爱请他们来这里座谈，而不去客厅，似乎这里是我的“文化背景”，不来这里，友情的铅锤落不到我的心底。弗罗斯特的凝视悬在壁上，我的缪斯是男性的。在这里，我曾经听吴望尧，现代诗一位失踪的王子，为我讲一些猩红热和翡翠冷的鬼故事。在这里，黄用给我看到几乎是他全部的作品，并且磨利了他那柄冰冷的批评。在这里，王敬羲第一次遭遇黄用，但是，使我们大失所望，并没有吵架。在这里，陈立峰，一个风骨凛然的编辑，也曾遗下一朵黑色的回忆……比起这些回忆，零乱的书籍显得整齐多了。

1963 年 4 月 15 日

钞票与文化

一

《世说新语》说王夷甫玄远自高，口不言钱，只叫它作“阿堵物”。换了现代口语，便是“这东西”。中国人把富而伧俗讥为“铜臭”，英文也有“臭钱”（stinking money）之说，所以说人钱多是“富得发臭”（stinking rich）。

英国现代诗人兼历史小说家格雷夫斯（Robert Graves）写诗不很得意，小说却雅俗共赏，十分畅销，甚至拍成电视。带点自嘲兼自宽，他说过一句名言：“若说诗中无钱，钱中又何曾有诗。”

钱中果真没有诗吗？也不见得，有些国家的钞票上不但画了诗人的像，甚至还印了他的诗句。例如苏格兰五英镑的钞票上就有彭斯（Robert Burns）画像，西班牙二千元钞票上正面是希梅内斯（Juan Ramon Jiménez）的大头，反面还印出他诗句的手稿。

钞票上的人像未必是什么杰作，但往往栩栩传神，当然多是细线密点，属于工笔画一类。高更跟凡·高在黄屋里吵架，曾经讽刺凡·高："你的头脑跟你的颜料盒子一样混乱。欧洲每一个设计邮票的画家你都佩服。"高更善辩，更会损人。他这么看不起邮票画家，想必对钞票画家也一视同其不仁。其实画家上钞票的也不算少：例如荷兰画家哈尔斯（Frans Hals）与法国画家拉图尔（Maurice Quentin de Latour）都上了本国的钞票；至于德拉克罗瓦与塞尚，也先后上了法郎，名画的片段更成了插图，比利时的恩索尔（James Ensor）上了比利时法郎，带着他画中的面具和骷髅。

匆忙而又紧张的国际旅客，在计算汇率点数外币之余，简直没有时间更无闲情去辨认，那些七彩缤纷的钞票上，究竟画的是什么人头。其实他只要匆匆一瞥，知道那是五十马克或者一万里拉，已经够了。画像是谁，对币值有什么影响？如果他周游好几个国家，钞票上的人头就走马灯般不断更换，法郎上的还未看清，卢布上的新面孔已经跟你打招呼了。那些面孔的旁边，不一定附上人名，在这方面，法郎最有条理，一定注明是谁。苏格兰人就很奇怪：彭斯像旁有名，司各特就没有。熟谙英国文学的人当然认得《撒克逊劫后英雄略》的作者，但是一般观光客又怎能索解？

意大利五万里拉的币面，是浓眉大眼、茂发美髭的人像，那敏感的眼神、陡峭的下颔，十足艺术家的倜傥。再看纸币背后的骑者雕像，颇似君士坦丁大帝，我已经猜到七分。但为确认无误，我又翻回正面，寻找人头旁边有无注名，却一无所获。终于发现衣领的边缘，有一条弯弯的细线似断似续，形迹可疑。在两面放大镜的重叠之下，发现原来正是一再重复的名字 Gian Lorenzo Bernini，每个字母只有四分之一公厘宽。这隐名术岂是粗心旅客所能识破？我相信，连意大利人自己也没有多少会起疑吧？

有些国家的钞票，即使把画像注上名字，也没有多少游客能解。例如希腊币五十元（Draxmai Penteconta）正面的头像，须发茂密而且鬈曲如浪，正是海神波赛冬（Poseidon），可是下面注的超细名字却是希腊文 ΠΟΣΕΙΔΟΝ，就算在放大镜下勉强看出来了，也没有几人解得了码。更有趣的是：钞票上端的一行希腊文，意思虽然是“希腊银行”，但其国名不是我们习见的 Greece，而是希腊人自称的 Hellas（亦即中文译名所本），不过在现代希腊文里又简称 Ellas，所以在钞票上的原文是 ΕΛΛΑΔΟΣ。至于一百元希币上的女战士头像，长发戴盔，鼻脊峭直，则是雅典的守护神雅典娜（Athena，全名 Pallas Athena），旁边注的一行细字正是 ΑΘΗΝΑ ΠΕΙΡΑΙΩΣ。这两张希币令人想起：当初雅典建城，需要命名，海神波赛冬与智慧兼艺术之神雅典娜争持不下。众神议定，谁献的礼最有益人类，就以谁命名。海神创造了马，雅典娜创造了橄榄树，众神选了雅典娜。也因此，一百元希币的背面画了美丽的橄榄枝叶。

苏格兰五英镑钞票（正面）诗人彭斯半身像

（反面）硕鼠匍匐于麦秆：玫瑰枝头花开正艳

西班牙两千元钞票（正面）希梅内斯像

（反面）希梅内斯诗句手稿

二

民国以来，我们惯于在钞票上见到政治人物，似乎供上这样的“圣像”（icon）是天经地义。常去欧洲的旅客会发现：未必如此。大致说来，君主国家多用君主的头像，例如瑞典、丹麦、英国，但是荷兰与西班牙的君主只上硬币，却不上软钞。民主国家如法国、德国、意大利等都不让元首露面；像戴高乐这样的英雄，都没有上过法郎。

美钞虽然人人欢迎，但那绿钱上的面孔，除了百元上的富兰克林之外，清一色是政治人物，其中只有汉密尔顿不是总统。截然相反的是法郎。我收藏的八张法郎上面是这样的人物：十法郎，作曲家柏辽兹；二十法郎，作曲家德彪西；五十法郎，画家拉图尔；新五十法郎，作家圣－埃克苏佩里；一百法郎，画家德拉克罗瓦；新一百法郎，画家塞尚；二百法郎，法学家孟德斯鸠；五百法郎，科学家居里夫妇。

英镑的风格则介于美国的泛政治与法国的崇人文之间：有科学家，也有文学家，但是只能出现在钞票的背面，至于正面，还得让给女王。最有趣的该是十英镑，共有新旧两版。新版上女王看来老些，像在中年后期；背后的画像则是晚年的狄更斯，下有文豪的签名，对面是名著《匹克威克俱乐部记事》[1]的插图，板球赛的一景。旧版上的女王青春犹盛；背后的画像竟是另一女子，发线中分，戴着白纱头巾，穿着护士长袍，眼神与唇态温婉中含

[1] 现译为《匹克威克外传》。——编者注

着坚定，背景的画面则是她手持油灯在伤兵的病床间巡房，一圈圈的光晕洋溢如光轮。她正是南丁格尔——也只有她，才能和女王平分尊贵。更感人的是，把钞票迎光透视，可见水印似真似幻，浮漾的却是护士，不是女王。但是狄更斯那张，水印里是女王而非作家。女王像旁注的不是“伊丽莎白二世”，而是特别的缩写字样（E Ⅱ R），全写当为Elizabeth Regina（拉丁文：伊丽莎白女王）。

三

这么一路随兴说来，读者眼前若无这些缤纷的纸币，未免失之空洞，太不过瘾。不如让我选出三张最令我惊艳的来，说得细些，好落实我这“见钱眼开”的另类美学家，怎么在铜臭的钞票堆里嗅出芬芳的文化。

苏格兰五英镑的钞票，正面是诗人彭斯的半身像，看来只有二十七八岁，脸颊丰满，眼神凝定，握着一管羽毛笔，好像写作正到中途，停笔沉思。翻到反面，只见暗绿的基调上，一只“硕鼠”乱须潦草，正匍匐于麦秆，背后的玫瑰枝头花开正艳。原来这些都是彭斯名作的主题。诗人出身农民，某次犁田毁了鼠窝，野鼠仓皇而逃。诗人写了《哀鼠》（*To a Mouse*）一首，深表歉意，诗末彭斯自伤身世，叹息自己也是前程茫茫，与鼠何异。诗中名句“人、鼠再精打细算，到头来一样失算（The best-laid schemes O' mice an' men / Gang aft a-gley）”后来成了小说家史坦贝克《人鼠一例》[1]（*Of Mice and Men*）书名的出处。至于枝头玫瑰，则是纪念彭斯的另一名作《吾爱像红而又红的玫瑰》：其中“海干石化”之喻，中国读者当似曾相识。

这张钞票情深韵长，是我英诗班上最美丽的教材。

我三访西班牙，留下了三张西币：一百 peseta 上的头像是作曲家法雅，一千元上是小说家高尔多思，二千元上是诗人希梅内斯。希梅内斯这一张以玫瑰红为基调，诗人的大头，浓眉盛须，巨眸隆准，极富拉丁男子刚亢之美。旁边有白玫瑰一，红玫瑰三，其二含苞未绽。反面也有一丛玫瑰，组合相同。但是最令我兴奋的，是右上角诗人的手迹：“¡ Allá va el olor de la rosa ! / ¡ Cójela en tu sinrazón ! ”书法酣畅奔放，且多连写，不易解读。承蒙淡江大学外语学院林耀福院长代向两位西班牙文教授乞援，得知诗意当为“玫瑰正飘香，且忘情赞赏！”钞票而印上这么忘情的诗句，真不愧西班牙的浪漫。

一百法郎的旧钞上，正面居中是浪漫派大师德拉克罗瓦的自画像，面容瘦削，神态在冷肃矜持之中不失高雅，一手掌着调色板，插着画笔。背景是他的名作《自由女神率民而战》[2]的局部，显示半裸的女神一手扬着法国革命的三色旗，一手握着长枪，领着巴黎的民众在硝烟中前进。背面则将他的自画像侧向左边，右

[1] 现译为《人鼠之间》。——编者注

[2] 现译为《自由引导人民》。——编者注

手却握了一支羽毛笔。这姿势表示他正在记他有名的《日记》，其中的艺术评论及艺术史料为后世所珍。

一个国家愿意把什么样的人物放上钞票，不但让本国人朝夕面对，也让全世界的旅客得以瞻仰，正说明那国家崇尚的是什么样的价值，值得我们好好研究。一个旅客如果忙得或懒得连那些人头都一概不识，就太可惜了。如此“瞎拼”一趟回来，岂非“买椟还珠”？

钞票上岂但有诗，还有艺术、有常识、有历史，还有许许多多可以学习甚至破解的外文。

2003 年 6 月 4 日

凡·高的向日葵

凡·高一生油画的产量在八百幅以上，但是其中雷同的画题不少，每令初看的观众感到困惑。例如他的自画像，就有四十多幅。阿罗时期的《吊桥》，至少画了四幅，不但色调互异，角度不同，甚至有一幅还是水彩。“邮差鲁兰”和“嘉舍大夫”也都各画了两张。至于早期的代表作《食薯者》，从个别人物的头像素描到正式油画的定稿，反反复复，更画了许多张。凡·高是一位求变、求全的画家，面对一个题材，总要再三检讨，务必面面俱到，充分利用为止。他的杰作《向日葵》也不例外。

早在巴黎时期，凡·高就爱上了向日葵，并且画过单枝独朵，鲜黄衬以亮蓝，非常艳丽。1888 年年初，他南下阿罗，定居不久，便邀高更从西北部的布列塔尼去阿罗同住。这正是凡·高的黄色时期，更为了欢迎好用鲜黄的高更去“黄屋”同住，他有意在十二块画板上画下亮黄的向日葵，作为室内的装饰。

凡·高在巴黎的两年，跟法国的少壮画家一样，深受日本版画的影响。从巴黎去阿罗不过七百公里，他竟把风光明媚的普罗旺斯幻想成日本。阿罗是古罗马的属地，古迹很多，居民兼有希腊、罗马、阿拉伯的血统，原是令人悠然怀古的名胜，凡·高却志不在此，一心一意只想追求艺术的新天地。

到阿罗后不久，他就在信上告诉弟弟：“此地有一座柱廊，叫作圣多芬门廊，我已经有点欣赏了。可是这地方太无情，太怪异，像一场中国式的噩梦，所以在我看来，就连这么宏伟风格的优美典范，也只属于另一世界：我真庆幸，我跟它毫不相干，正如跟罗马皇帝尼禄的另一世界没有关系一样，不管那世界有多壮丽。”

凡·高在信中不断提起日本，简直把日本当成亮丽色彩的代名词了。他对弟弟说：

“小镇四周的田野盖满了黄花与紫花，就像是——你能够体会吗？——一个日本美梦。”

由于接触有限，凡·高对中国的印象不正确，而对日本却一见倾心，诚然不幸。他对日本画的欣赏，也颇受高更的示范引导；去了阿罗之后，更进一步，用主观而武断的手法来处理色彩。向日葵，正是他对“黄色交响”的发挥，间接上，也是对阳光“黄色高调”的追求。

1888年8月底，凡·高去阿罗半年之后，写信给弟弟说：“我正在努力作画，起劲得像马赛人吃鱼羹一样；要是你知道我是在画几幅大向日葵，就不会奇怪了。我手头正画着三幅油画……第三幅是画十二朵花与蕾插在一只黄瓶里（三十号大小）。所以这一幅是浅色衬着浅色，希望是最好的一幅。也许我不止画这么一幅。既然我盼望跟高更同住在自己的画室里，我就要把画室装潢起来。除了大向日葵，什么也不要……这计划要是能实现，就会有十二幅木版画。整组画将是蓝色和黄色的交响曲。每天早晨我都乘日出就动笔，因为向日葵谢得很快，所以要做到一气呵成。”

过了两个月，高更就去阿罗和凡·高同住了。不久两位画家因为艺术观点相异，屡起争执。凡·高本就生活失常，情绪紧张，加以一生积压了多少挫折，每天更冒着烈日劲风出门去赶画，甚至晚上还要在户外借着烛光捕捉夜景，疲惫之余，怎么还禁得起额外的刺激？圣诞前两天，他的狂疾初发。圣诞后两天，高更匆匆回去了巴黎。凡·高住院两周，又恢复作画，直到1889年2月4日，才再度发作，又卧病两周。1月23日，在两次发作之间，他写给弟弟的一封长信，显示他对自己的这些向日葵颇为看重，而对高更的友情和见解仍然珍视。他说：

如果你高兴，你可以展出这两幅向日葵。高更会乐于要一幅的，我也很愿意让高更大乐一下。所以这两幅里他要哪一幅都行，无论是哪一幅，我都可以再画一张。

你看得出来，这些画都该抢眼。我倒要劝你自己收藏起来，只跟弟媳妇私下赏玩。这种画的格调会变的，你看得愈久，它就愈显得丰富。何况，你也知道，这些画高更非常喜欢。他对我说来说去，有一句是：“那……正是……这种花。”

你知道，芍药属于简宁（Jeannin），蜀葵归于郭斯特（Quost），可是向日葵多少该归我。

足见凡·高对自己的向日葵信心颇坚，简直是当仁不让，非他莫属。这些光华照人的向日葵，后世知音之多，可证凡·高的预言不谬。在同一封信里，他甚至这么说：“如果我们所藏的蒙提切利那丛花值得收藏家出五百法郎，说真的也真值，则我敢对你发誓，我画的向日葵也值得那些苏格兰人或美国人出五百法郎。”

凡·高真是太谦虚了。五百法郎当时只值一百美金，他说这话，是在1888年。几乎整整一百年后，在1987年的3月，其中的一幅向日葵在伦敦拍卖所得，竟是画家当年自估的三十九万八千五百倍。要是凡·高知道了，会有什么感想呢？要是他知道，那幅《鸢尾花》售价竟高过《向日葵》，又会怎么说呢？

1890年2月，布鲁塞尔举办了一个“二十人展”（Les Vingt）。主办人透过西奥，邀请凡·高参展。凡·高寄了六张画去，《向日葵》也在其中，足见他对此画的自信。结果卖掉的一张不是《向日葵》，而是《红色的葡萄园》。非但如此，《向日葵》在那场画展中还受到屈辱。参展的画家里有一位专画宗教题材的，叫作德·格鲁（Henry de Groux），坚决不肯把自己的画和“那盆不堪的向日葵”一同展出。在庆祝画展开幕的酒会上，德·格鲁又骂不在场的凡·高，把他说成“笨瓜兼骗子”。罗特列克在场，气得要跟德·格鲁决斗。众画家好不容易把他们劝开。第二天，德·格鲁就退出了画展。

凡·高的《向日葵》在一般画册上，只见到四幅：两幅在伦敦，一幅在慕尼黑，一幅在阿姆斯特丹。凡·高最早的构想是“整组画将是蓝色和黄色的交响曲”，但是习见的这四幅里，只有一幅是把亮黄的花簇衬在浅蓝的背景上，其余三幅都是以黄衬黄，烘得人脸颊发燠。

荷兰原是郁金香的故乡，凡·高却不喜欢此花，反而认同法国的向日葵，也许是因为郁金香太秀气、太娇柔了，而粗茎糙叶、花序奔放、可充饲料的向日葵则富于泥土气与草根性，最能代表农民的精神。

凡·高嗜画向日葵，该有多重意义。向日葵昂头扭颈，从早到晚随着太阳转脸，有追光拜日的象征。德文的向日葵叫Sonnenblume，跟英文的Sunflower一样。西班牙文叫此花为Girasol，是由“Girar（旋转）”跟“Sol（太阳）”二词合成，意为“绕太阳”，颇像中文。法文最简单了，把向日葵跟太阳索性都叫作soleil。凡·高通晓西欧多种语文，更常用法文写信，当然不会错过这些含义。他自己不也追求光和色彩，因而也是一位拜日教徒吗?

其次，凡·高的头发棕里带红，更有“红头疯子”之称。他的自画像里，不但头发，就连络腮的胡髭也全是红焦焦的，跟向日葵的花盘颜色相似。至于1889年9月他在圣瑞米疯人院所绘的那张自画像（也就是我中译的《凡·高传》封面所见），胡子还棕里带红，头发简直就是金黄的火焰；若与他画的向日葵对照，岂不像纷披的花序吗?

因此，画向日葵即所以画太阳，亦即所以自画。太阳、向日葵、凡·高，圣三位一体。

另一本凡·高传记《尘世过客》（*Stranger on the Earth, by Albert Lubin*）诠释此图说：“向日葵是有名的农民之花；据此而论，此花就等于农民的画像，也是自画像。它爽朗的光彩也是仿自太阳，而文森特之珍视太阳，已奉为上帝和慈母。此外，其状有若乳房，对这个渴望母爱的失意汉也许分外动人，不过此点并无确证。他自己（在给西奥的信中）也说过，向日葵是感恩的象征。”

从认识凡·高起，我就一直喜欢他画的向日葵，觉得那些挤在一只瓶里的花朵，辐射的金发，丰满的橘面，挺拔的绿茎，衬在一片淡柠檬黄的背景下，强烈地象征了天真而充沛的生命，而那深深浅浅交交错错织成的黄色暖调，对疲劳而受伤的视神经，真是无比美妙的按摩。每次面对此画，久久不甘移目，我都要贪馋地饱饫一番。

另一方面，向日葵苦追太阳的壮烈情操，有一种知其不可为而为之的志气，令人联想起中国神话的夸父追日，希腊神话的伊卡瑞斯奔日。所以在我的近作《向日葵》一诗里我说：

你是挣不脱的夸父
飞不起来的伊卡瑞斯
每天一次的轮回
从曙到暮
扭不屈之颈，昂不垂之头
去追一个高悬的号召

1990 年 4 月

夜读叔本华

体系博大思虑精纯的哲学名家不少，但是文笔清畅引人入胜的却不多见。对于一般读者，康德这样的哲学大师永远像一座墙峭堑深的名城，望之十分壮观，可惜警卫严密，不得其门而入。这样的大师，也许体系太大，也许思路太玄，也许只顾言之有物，不暇言之动听，总之好处难以句摘。所以翻开任何谚语名言的词典，康德被人引述的次数远比培根、尼采、罗素、桑塔耶纳一类哲人为少。叔本华正属于这澄明透彻易于句摘的一类。他虽然不以文采斐然取胜，但是他的思路清晰，文字干净，语气坚定，读来令人眼明气畅，对哲人寂寞而孤高的情操无限神往。夜读叔本华，一杯苦茶，独斟千古，忍不住要转译几段出来，和读者共赏。我用的是企鹅版英译的《叔本华小品警语录》（*Arthur Schopenhauer: Essays and Aphorisms*）：

“作家可以分为流星、行星、恒星三类。第一类的时效只在转瞬之间，你仰视而惊呼：‘看哪！’——他们却一闪而逝。第二类是行星，耐久得多。他们离我们较近，所以亮度往往胜过恒星，无知的人以为那就是恒星了。但是他们不久也必然消逝；何况他们的光辉不过借自他人，而所生的影响只及于同路的行人（也就是同辈）。只有第三类不变，他们坚守着太空，闪着自己的光芒，对所有的时代保持相同的影响，因为他们没有视差，不随我们观点的改变而变形。他们属于全宇宙，不像别人那样只属于一个系统（也就是国家）。正因为恒星太高了，所以他们的光辉要好多年后才照到世人的眼里。”

叔本华用天文来喻人文，生动而有趣。除了说恒星没有视差之外，他的天文大致不错。叔本华的天文倒令我联想到徐霞客的地理。徐霞客在游太华山日记里写道：“未入关，百里外即见太华屼出云表；及入关，反为冈陇所蔽。”太华山就像一个伟人，要在够远的地方才见其巨大。世人习于贵古贱今，总觉得自己的时代没有伟人。凡·高离我们够远，我们才把他看清，可是当日阿罗的市民只看见一个疯子。

“风格正如心灵的面貌，比肉体的面貌更难作假。模仿他人的风格，等于戴上一副假面具；不管那面具有多美，它那死气沉沉的样子很快就会显得索然无味，使人受不了，反而欢迎奇丑无比的真人面貌。学他人的风格，就像是在扮鬼脸。”

作家的风格各如其面，宁真而丑，毋假而妍。这比喻也很传神，可是也会被平庸或懒惰的作家用来解嘲。这类作家无力建立或改变自己的风格，只好绷着一张没有表情或者表情不变的面孔，看到别的作家表情生动而多变，反而说那是在扮鬼脸。颇有一些作家喜欢标榜“朴素”。其实朴素应该是“藏巧”，不是“藏拙”，应该是“藏富”，不是“炫穷”。拼命说自己朴素的人，其实是在炫耀美德，已经不太朴素了。

“‘不读’之道才真是大道。其道在于全然漠视当前人人都热衷的一切题目。不论引起轰动的是政府或宗教的小册子，是小说或者是诗，切勿忘记，凡是写给笨蛋看的东西，总会吸引广大读者。读好书的先决条件，就是不读坏书：因为人寿有限。”

这一番话说得斩钉截铁，痛快极了。不过，话要说得痛快淋漓，总不免带点武断，把真理的一笔账，四舍五入，做断然的处理。叔本华漫长的一生，在学界和文坛都不得意。他的传世杰作《意志与观念的世界》[1]在他三十一岁那年出版，其后反应一直冷淡，十六年后，他才知道自己的滞销书大半是当作废纸卖掉了的。叔本华要等待很多很多年，才等到像瓦格纳、尼采这样的知音。他的这番话为自己解嘲，痛快的背后难免带点酸意。其实曲高不一定和寡，也不一定要久等知音，披头士的歌曲可以印证。不过这只是次文化的现象，至于高文化，最多只能“小众化”而已。轰动一时的作品，虽经报刊鼓吹，市场畅售，也可能只是一

[1] 现译为《作为意志与表象的世界》。——编者注

个假象，“传后率”不高。判别高下，应该是批评家的事，不应任其商业化，取决于什么排行榜。这期间如果还有几位文教记者来推波助澜，更据以教训滞销的作家要反省自己孤芳的风格，那就是僭越过甚，误会采访就是文学批评了。

1985 年 6 月 2 日《联合报·联合副刊》

绣口一开

据说演讲是一种艺术，可以修炼而成。但是像所有的艺术一样，这件事也有天才和苦学之分。口才大半是天生，苦学所能为力的，恐怕多在修辞。有了卓越的见解，配以无碍的口才，演讲自然成功。若是见解平庸，纵然滔滔不绝，也只是震耳罢了，并不能直诉听众的内心。演讲而沦为修辞，便成了空泛的滥调，一出门去，听众便忘记了。多少名人，真的是见面不如闻名，开口不如见面。

有些名人演讲，完全根据讲稿，而有些讲稿根本就是完整的文章。据说徐志摩从欧洲回国，第一次演讲就是如此。这只能算念，不能算讲。所谓宣读论文，如果只是照念，必然沉闷不堪。

其实只讲清楚也还不够，多少得演。当然不是演戏，不是把讲台当作戏台。而是现场的听众也是观众，不但要听得入耳，也希望看得生动。会演的演讲人不但善于遣词，还要变化声调，流露情思，眼神要与台下的睽睽众目来回交接，挥手移足，俯仰顾盼，总要能照料到全场，才不会落得冷场。势如破竹的滔滔雄辩，侃侃阔谈，未必能赢得高明的听众。短暂的间歇，偶然的沉吟，出其不意地说到在场的某人某事，场外的天气时局，或者自问自答，或者学人口吻，都能解开“讲课”的闷局。其实真正动听的讲课，多半也带点演讲的味道。

动听的演讲宁短勿长，宁可短得令人回味，不可长得令人乏味。林语堂期待的短如女裙，固然不太可能，因为有人远从邻县赶来听讲，半小时并不能令他满足。但是一气直下，两小时都不瞥腕表，就未免不顾现实了。“深度不足的演说家，常用长度来补偿。”孟德斯鸠讲得一点也不错。还有一种人演讲，不但贪长，更且逞响。愈浅的人愈迷信滔滔的声浪，以为“如雷贯耳”便足以征服世界。以前不用麦克风，这些“铁血宰相”最多用自己的血肉之躯来“喊话”，到底容易声嘶力竭。现在有了机器来助阵，等于有了武器，这种演讲人在回声反弹如回力球的喧嚣里，更幻觉自己的每句话都是警世的真理了。

不少演讲都留下二三十分钟来答客问，这才是考验名人的时间。演讲本身毕竟范围有限，事先可以充分预备，唯独现场的即问即答，“临时抽考”，不但需要博学，更且有赖急智，答得妙时，还能掀起新的高潮。若是问者苦缠不已，答者文不对题，会场就陷入了低潮。若是听众无人发问，成了面面相觑的观众，那就更是冷场了。

还有一种反高潮的场面。主持人的介绍词把演讲人说得天上有，地下无，接下来的演讲却是平平无奇，不副厚望。或者主持人一番开场白谐趣横生，语妙天下，把紧接的演讲对比得黯然失色，也令人觉得头重而脚轻。金耀基主持新亚书院的夜谈多年，我听过他好几次开场白都简洁精妙。有人甚至说，是专为他的介绍词而来听演讲的，虽是戏言，也可见演讲有如斗智，真的是来者不善，善者不来。

海内外名作家、名学者的演讲，真能见面犹胜闻名的，实在不多。近年在香港也听过几位 30 年代名家的现场说法，多难以令人侧耳倾心。锦心未必就有绣口，有些外国的汉学家简直口钝，中文说得比打字还慢。就算是锦心而绣口吧，演说大家的雄辞丽句也无非咳唾随风，与身俱没，哪像文字这么耐久。林肯的盖提斯堡演讲词，百年之后，也只是声销而文留。

1985 年 12 月 30 日台湾新闻报《西子湾》

云门大开

云门大开，林怀民从云门下舞蹈而来，带来了中国的现代舞。云门大开，林怀民浩荡南征，委蛇的云旌过处，掌声四起，拍响了新加坡与香港。

9 月 5 日及 6 日，一连两个晚上，香港的利舞台戏院，坐满了兴奋而热烈的青年，等待林怀民和“云门舞集”的十三位舞者，把他们带进一个既古典又现代的中国。他们没有失望。两小时神游之后，灯光复亮，他们才回到香港。从曲终的掌声和事后报刊上此起彼落迄今不断的评论，明白显示，“云门舞集”在香港的表演是成功的。

最令香港文艺界人士感到意外的，是所谓现代舞这门新兴的艺术，竟然不像他们想象的那么西化。利舞台的观众看到七个节目：《风景》《天道人心》《待嫁娘》《盲》《寒食》《许仙》《哪吒》之中，除了《盲》近于现代西方艺术的彷徨与挣扎之外，其余的竟然全部来自中国的文化传统。其间《风景》与《寒食》，一逸一狷，表现的是中国读书人的情怀与节操。前者是一种意境，后者是一种意念，无论如何，都是意在言外，文学和哲学的意味很浓，就舞言舞，不太容易讨好。尤其是《寒食》中的介之推，耿介拔俗，耽于洁癖，是近于屈灵均一类的人物。林怀民的独舞，用修长素净的白练，敛之回之，将自我茧缚于其中，很有一种寓意独角哑剧的味道。此舞我先后观赏过两次，始终觉得抽象的意念未曾充分地表达出来。我以为，同为洁癖患者，屈原投水自清，介之推赴火自白，火，该是考验介之推的现成象征。介之推不愧是火里熬过来的一只凤凰。《寒食》一舞，如果在白的意念之外，更采火的红热炽烈以相对照，使介之推在火光灼烤之后复归于皎皎的洁白，或许能在视觉效果上有较多变化。

剩下的四个舞，都从中国的民俗取材，却多少用现代精神来诠释。《乌盆记》《白蛇传》《封神榜》等民间艺术，到了林怀民的舞里，都鲜明突出，强化了传说的现实感与冲突感。最受大众欢迎也是最凄美感人的，自然要数《许仙》。林怀民原是当行本色的小说家，处理这么一个人物对照鲜明而动作又很戏剧化的故事，当然是胜任愉快的。此外，音乐、布景、道具，加上青蛇突出的戏等，也是成功的因素。《待嫁娘》由郑淑姬编舞，寓虚于实，把一个女孩子新婚前夕患得患失、时喜时忧的心境，用二分法交织呈现出来，很有心理分析的深度，比起传统对于婚姻的片面态度来，较有立体的现实感。压轴的《哪吒》有深度，也有力量，加以扩大，不难成为一出宏大的史诗舞剧。

“云门舞集”之所以成功，不外乎：第一，林怀民的才华和毅力，加上他十三位弟子的认真锻炼和通力合作。显然，这是一个有纪律、有水准的团体。第二，尽管林怀民弃小说而取舞蹈，他在文学上的修养和敏感却并未白费，因为舞蹈的语言虽然用身体来说，其构思仍然是来自心灵的。林怀民的小说写得那么精密、生动，同一个心灵来编舞，自然不会粗浅。第三，正因为他在文坛上本有地位，一流的音乐家、艺术家、作家，自然都愿意与他合作。没有他的渊源，固然请不动这些名家，没有他的眼光，也不会去请这些前卫人物的。单就音乐一项而言，他就网罗了周文中、史惟亮、许常惠、赖德和、许博允等的作品，舞与乐相得益彰，不但帮助了现代舞，也同时推广了现代音乐。如果说，台湾的现代文艺运动是由现代诗、现代小说和抽象画打头阵，那么突破第二个阶段的，正是现代舞与现代音乐。最后大成之日，该是戏剧和电影的石破天惊吧。第四，林怀民写小说，始终反叛传统，创作现代舞，却能融汇中西，光大传统，赋古典以现代的精神，这是“云门舞集”最值得我们支持的一点。

听说“云门舞集”因为经费不足，或将于最近宣告解散。希望这消息只是谣传。台湾的社会正日趋繁荣，如果这么一个朝气蓬勃的舞蹈团竟然维持不了，则最后蒙受损失的，绝对不止于林怀民和他的十三舞者，而是整个文化界了。

云门既开，就应大开。中华民族应该健美活泼地跳起现代舞来。美丽的云门啊，你不许关上。

1975 年 10 月

后浪来了

出国两年，回国半年，感觉诗坛的气候有了不小的变化。最显著的一点是：中年的诗人普遍减产甚至停产，似乎已经进入一种“滞留期”；另一方面，年轻的一代对他们的先驱愈来愈不耐烦，有的扬声挑战，有的默默寻找自己的新路。至于这种“代沟”形成的原因，该是两代作者无论对于生活本身还是对于诗的语言，都有不同的感受。现代诗在台湾的发展，已经将近二十年，即使第一代的诗人诗笔犹健，创作不辍，第二代的诗人，为了争取自己呼吸的空间，也不免要起来挑战。何况中年的诗人，死的死，出国的出国，停笔的停笔，已经难于保持“前浪”浩荡的美好姿态。从文学史的观点看来，新人能起来向旧人挑战，正是一个传统变通自强的征象。旧人如果不肯应变，或者变而不通，那就只好遗留在时代的后面，成为历史性的人物。另一方面，如果新人仅有挑战的姿态，可是亮不出新的“武器”，那还是不能成为“占领军”的。

文学风格的新旧之争，往往始于理论的相激相荡。不过，理论是主观的，必须有众所公认的新作品出现，真正的客观形势，也就是说，真正的新时代，才算成立。本质上说来，成功的作品是不落言诠，也是最雄辩的理论。有了新的杰作为例，新的理论才显得振振有词。那么，什么才是新作品呢？

新作品必须在本质上有异于旧作品。新作品对于生活和语文两者的感受，必须有异于旧作品对两者的感受。有了这个了解，我们可以说，近两年来出现的某些年轻作者，名字虽然是新的，作品却是旧的，因为他们的风格，在本质上仍是60年代典型现代诗的效颦。文学史是无情的，缪斯也不会“嫁”给谁。上一代是新的，到了下一代，就显得旧了。上述的一些年轻作者，进入70年代，还在写60年代的典型诗，可以说是“后知后觉”。

那么，先知先觉的年轻诗人，究竟在做些什么呢？答案很简单：在做和60年代相反的一些事情。60年代曾经是欧化的、国际的，70年代要转向本土的、民族的；60年代曾经是都市的、孤独的，70年代要转向自然的、人群的；60年代曾经是高昂的、悲愤的，70年代要转向低调的、冷静的；60年代曾经是浓的、繁复的、多元的语言，70年代要寻求淡的、纯朴的、单元的语言。60年代曾经炫耀惊心骇目的警句，强调部分的突出，70年代强调整体的谐和，避免各自为政的意象；60 年代一面反传统，一面以怀古怀乡的心情用典，70 年代既不强调反传统，也不热衷于古典。大体上，60 年代的诗人认定文学不能“大众化”，在艺术信仰上，颇有一种以身殉之的贵族气质；70 年代的诗人比较相信“大众化”，在艺术气质上，倾向民主的开明与坦朗。当然，这样的比较并不平衡，因为60 年代的现代诗人已经成为历史，可供我们回顾、分析，而70 年代的现代诗还在萌发的阶段。前者已经是客观的存在，后者多半还是主观的期望。

三十岁以下的一代，在“新现代诗”的创作上有许多新倾向。我觉得其中的两个倾向会愈来愈显著，也许终会成为70 年代初期“新现代诗”的特色：

第一是对生活的态度。60 年代的诗人，心目中只有少数先知先觉的贵族，只有文化上的 élite，所以一提到“大众化”就感到格格不入，紧张失措。60 年代的诗人，在气质上大半都很严肃，甚至太严肃了，以致容易走向悲观和狂狷。由于太相信现代西方的艺术理论，他们对于活生生的现实，不是想超越，就是想逃避，很容易遁入个人的孤绝世界里去。结果是自我剖析式的作品流行，诗的题材渐趋狭窄。年轻一代的作者，有意跳出“深度”的陷阱，向较为广阔的现实寻找题材。对于艺术的“大众化”，他们乃比较有耐性去探讨。对于生活，他们也很严肃，可是愿意沉静地注视，安详地接受，不肯加以意识流的割裂。对于生活，他们并不认定必为悲哀。他们并不像先驱那样急于否定社会和某些文化传统；可能的话，他们会表现较为肯定和开朗的心胸，甚至表现某些幽默、和谐与喜悦的境界，总之，他们比上一代要客观一些。

60年代的中年诗人，多半来自大陆，具有浓厚的传统文化背景，他们对于中国传统的态度，具有一种矛盾的紧张性：一方面他们在创作上要“反传统”，另一方面又患上文化上的也是地理上的，无可奈何的乡愁。年轻的一代在海岛长大，在生活上既未经历过那种分割和对立，在心理上也就缺少那矛盾的紧张性。年轻的一代，对于本国传统既缺少上一代那种压迫感，相对地，对于外国的新潮也不像上一代那样急于追求。

比起60年代来，70年代的新作者不那样怀古，怀乡，或者国际化。他们对于新古典和超现实的兴趣，都不浓厚。台湾的社会和自然，才是他们的生活背景。他们可以厌憎或喜爱这一切，但是必须把它变成诗。相对地，中年一代的诗人，心存故土，不是写乡愁，便是架空地写所谓现代人的孤绝感，很少注视海岛上周围的现实。其实这方面的空间，仍是很大的。

其次是对语言的态度。60年代的现代诗，最高的成就是意象，最大的弱点也在意象：过于繁复的意象阻塞了节奏，甚至淹没了意义。文言句法，古典词汇，文白夹杂，欧化语态，加上蔽天塞地的意象，形成语言空前的污染。这也是一般读者难于接受现代诗的原因之一。60年代的现代诗，以早期的新诗为革命的对象，所以在语言上避免“平面化”而追求“立体化”。70年代的新现代诗，厌倦了60年代老现代诗的铺张和堆砌，自然要追求“净化语言”。装饰性的人名和地名，中国和西洋的典故，可以割爱的警句，阻塞节奏的文言，曲折难通的句法，污染视域的意象，等等，都是新语言净化的对象。

语言的净化，是现代诗“大众化”的第一步，也是年轻一代作者的一致目标。不过所谓“净化”绝对不是一种消极的放松。它要以淡取胜，以简驭繁。它无意成为懒惰的借口，更不容现代诗回到早期新诗的浅白无味。如果说，晦涩而耐人寻味的诗难写，则淡而有味的诗更难成功。晦涩中见深奥，固然是一种冒险的艺术；但是清淡中见隽永，更是艺术中的艺术。犹如武功臻于化境的高手，不让人看出他怎么出手那样。在诗尚晦涩的时代，晦涩得成功的毕竟是少数。将来诗尚清淡也好，明朗也好，创新而有成的，恐怕更是少数。同时，晦涩而失败的诗人，如果以为清淡有较多成功的机会，就大错特错了。写淡的诗，好像参加天体营，很难掩饰自己的缺点。

即使在中年的诗人之间，语言的净化也渐有显明的趋势。在净化的语言成为风尚之前，我倒希望有少数的中年诗人能坚守他们晦涩的阵地，继续他们在艺术上的冒险。缪斯的神龛，应该有几座保留给“叛徒”。也只有这个时候，留守晦涩的诗人才是真正的晦涩，而不是摆“空城计”。至于写淡的现代诗，那是纯靠实力，毫无摆空城计的机会。我怀疑写现代诗的选手之中，究竟有几个人能以淡传后。这真是一大冒险。

至于我个人，两年来受到美国民歌和摇滚乐的启发，对现代诗的看法有很大的改变。时代变得很快，也变得很多，如果我们不能把握时代，争取读者与听众，反而抱定老现代诗以身殉道的孤高情操，以为诗注定是一种贵族艺术，那只是消极的坐守，并不能为现代诗开拓疆土。事实上，认定诗必然高于其他一切艺术，恐怕只是诗人自己的虚荣。在当代，对于 audience（包括听众、观众、读者）最具震撼力的艺术，则是电影和摇滚乐，而不是诗。以英语世界为例，近十年来我还举不出任何“正规”的诗人，在影响力和吸引力上，能和民歌手巴布·狄伦相提并论的。即以“正规”的诗而言，艾略特的时代也早已过去。年轻一代的金斯伯格等转向威廉姆斯、庞德，和更早的惠特曼、布莱克、雪莱去寻求灵感。至于我自己，近来，在惠特曼的草叶之间不时呼吸到新的露水。惠特曼，和《诗经》，和江湖上的民歌。

里尔克认为音乐是“石像的呼吸”，又说音乐是“清纯，宏大，不适合我们居住”。我承认这是伟大的诗句，但这种艺术观未免太超越，也太贵族了一点。70 年代的现代诗，该是“树和人的呼吸，清纯，宏大，且适合我们居住”吧。

1972 年 1 月 22 日